Leo Tolstoi

Wieviel Erde braucht der Mensch?

Und andere Erzählungen

Aus dem Russischen von Alexander Eliasberg

Die Texte von Leo Tolstoi sind gemeinfrei. Sie folgen den urheberrechtsfreien Übersetzungen von Alexander Eliasberg. Wieviel Erde braucht der Mensch? Entstanden 1885, Erstdruck 1886. Die drei Tode: Entstanden 1858, Erstdruck 1859 in »Biblioteka dlja tschtenija«. Beide Erzählungen aus: »Volkserzählungen«, Insel Verlag, Leipzig 1913.
Wovon die Menschen leben: aus »Ausgewählte Erzählungen für die Jugend«, O. C. Recht Verlag, München 1922.
Neuausgabe der Texte: Juli 2020.
Umschlagmotiv und -gestaltung: Caroline Stern, Berlin.
ISBN: 978-3-751-91668-4.
Herstellung und Verlag: BoD – Books on Demand, Norderstedt.
www.bod.de
Bibliografische Information der Deutschen Nationalbibliothek: Die Deutsche Nationalbibliothek verzeichnet diese Publikation in der Deutschen Nationalbibliografie; detaillierte bibliografische Daten sind im Internet über dnb.dnb.de abrufbar.

INHALTSVERZEICHNIS

Wieviel Erde braucht der Mensch?

1

Die ältere Schwester aus der Stadt besuchte ihre jüngere Schwester auf dem Dorfe. Die ältere war mit einem Kaufmann in der Stadt verheiratet und die jüngere mit einem Bauern im Dorfe. Die Schwestern tranken Tee und unterhielten sich. Die ältere Schwester begann zu prahlen und ihr Leben in der Stadt zu rühmen: wie geräumig und wie reinlich sie in der Stadt wohne, wie schön sie sich kleide und ihre Kinder putze, wie gut sie esse und trinke, und wie sie Spazierfahrten und Vergnügungen mitmache und Theatervorstellungen besuche.

Die jüngere Schwester fühlte sich dadurch verletzt, und sie begann das Kaufmannsleben herabzusetzen und ihr eigenes Bauernleben zu rühmen.

»Ich würde um nichts in der Welt«, so sagte sie, »mein Leben mit dem deinigen vertauschen. Es ist wahr, daß wir nicht besonders schön wohnen, dafür kennen wir auch keine Sorgen. Ihr lebt allerdings schöner und sauberer, dafür könnt ihr heute viel Geld verdienen, morgen aber alles verlieren. Es gibt auch ein Sprichwort: Der Verlust ist der ältere Bruder des Gewinns. Es kommt ja wirklich vor, daß jemand heute reich ist und morgen betteln geht. Unser Bauernleben ist viel sicherer: das Leben des Bauern ist karg, doch lang. Reich werden wir nie, dafür aber haben wir immer satt zu essen!«

Darauf entgegnete die ältere Schwester:

»Das ist mir ein schönes Essen: aus einem Trog mit den Schweinen und Kälbern! Ihr lebt im Schmutz und ohne Manieren. Wie sehr sich dein Bauer auch abmüht, ihr werdet doch nicht anders als auf dem Misthaufen leben und auch auf dem Misthaufen sterben. Und euren Kindern wird es nicht anders gehen.«

»Was macht denn das?« erwiderte die Jüngere. »Unser Leben ist einmal so. Dafür leben wir sicher, brauchen uns vor niemand zu bücken und fürchten niemand. Ihr lebt aber in der Stadt in ständiger Anfechtung; heute lebt ihr gut, und morgen kommt der Böse und verführt deinen Mann zum Kartenspiel oder zum Trunk oder gar zu einer Liebschaft. Und dann ist alles hin. Kommt das etwa nicht vor?«

Der Bauer Pachom lag auf dem Ofen und hörte dem Gespräch der beiden Frauen zu.

›Es ist ja alles wahr‹, sagte er sich. ›Unsereiner hat von Kind auf mit der Erde zu schaffen, und daher kommen ihm solche Narrheiten nie in den Sinn. Eines ist nur traurig: wir haben zu wenig Land! Wenn ich genug Land hätte, so fürchtete ich niemand, nicht einmal den Teufel!‹

Die Weiber tranken ihren Tee aus, schwatzten noch von Putz und Kleidern, räumten das Geschirr weg und legten sich schlafen.

Der Teufel hatte aber hinter dem Ofen gesessen und alles gehört. Er freute sich, daß die Bäuerin ihren Mann zum Prahlen verleitet hatte: er prahlte ja, wenn er genug Land hätte, so würde ihn auch der Teufel nicht holen können.

›Es ist gut,‹ sagte sich der Teufel, ›wir wollen sehen: ich will dir viel Land geben und dich gerade damit fangen.‹

2

In der Nachbarschaft wohnte eine Gutsbesitzerin. Sie war nicht sehr reich und besaß etwa hundertundzwanzig Dessjatinen Land. Anfangs vertrug sie sich mit den

Bauern sehr gut und tat ihnen nie etwas zuleide. Nun stellte sie sich aber einen verabschiedeten Soldaten als Verwalter an, und dieser begann die Bauern mit Geldstrafen zu plagen. Wie sehr sich auch Pachom in acht nahm, kam es doch jeden Tag vor, daß entweder sein Pferd in den fremden Hafer ging oder seine Kuh sich in den Garten verirrte oder die Kälber auf der fremden Wiese weideten; jedesmal gab es Geldstrafen.

Pachom zahlte die Strafen und ließ seinen Ärger an seinen Hausgenossen aus. Gar oft hatte sich Pachom im Laufe des Sommers um dieses Verwalters willen an den Seinen versündigt. Als das Vieh im Herbst in den Stall kam, war er froh: das Futter kostete zwar Geld, dafür aber hörte die ewige Angst auf.

Im Winter hieß es plötzlich, daß die Gutsbesitzerin ihr Land verkaufen wolle und daß der Besitzer der Herberge an der Landstraße mit ihr darüber unterhandle. Als die Bauern davon hörten, begannen sie zu jammern und sagten:»Wenn der Wirt das Gut bekommt, wird er uns noch viel ärger zusetzen als die Gutsherrin. Wir können ohne dieses Land nicht auskommen, denn unser Besitz ist darin von allen Seiten eingeschlossen.« Die Bauern gingen nun alle zur Gutsherrin und baten, sie möchte das Land nicht dem Wirt, sondern ihnen verkaufen; sie versprachen auch einen höheren Preis zu zahlen. Die Gutsherrin ging darauf ein. Die Bauern wollten das Land als Gemeindegut erwerben; sie versammelten sich einige Male, um die Sache zu besprechen, konnten aber nicht einig werden. Jedesmal kam es zu Streitigkeiten, denn der Böse hatte seine Hand im Spiele. Darauf beschlossen die Bauern, daß ein jeder auf eigene Rechnung je nach seinem Vermögen kaufen solle. Auch darauf ging die Gutsherrin ein. Pachom hörte, daß sein Nachbar der Gutsherrin zwanzig Dessjatinen abgekauft habe, wobei er die Hälfte des Kaufpreises in jährlichen Raten bezahlen dürfe. Pachom wurde neidisch. ›Sie kaufen das ganze Land auf und lassen mir nichts übrig‹, dachte er. Und er beriet sich mit seiner Frau.

»Da alle Leute kaufen,« sagte er zu ihr, »müssen auch wir an die zehn Dessjatinen kaufen. Sonst ist es ja wirklich kein Leben: der Verwalter hat uns mit seinen Geldstrafen beinahe zugrunde gerichtet.«

Und sie überlegten sich, wie sie es anstellen sollten. Sie hatten hundert Rubel erspart; nun verkauften sie ein Füllen und die Hälfte der Bienenstöcke, verdingten den Sohn als Arbeiter, borgten sich noch etwas beim Schwager und brachten auf diese Weise die Hälfte der Kaufsumme auf.

Als Pachom das Geld beisammen hatte, suchte er sich ein Stück Land nach seinem Geschmack aus – es waren fünfzehn Dessjatinen mit einem kleinen Wald – und begab sich zur Gutsherrin, um über den Kauf zu verhandeln. Sie wurden handelseinig, und er gab ihr eine Anzahlung auf die fünfzehn Dessjatinen. Dann fuhren sie in die Stadt und schlossen den Kaufvertrag ab; Pachom zahlte die Hälfte des Preises und verpflichtete sich, den Rest innerhalb zweier Jahre abzuzahlen.

Nun hatte Pachom ein ordentliches Stück Land. Er verschaffte sich Saat auf Borg und besäte den gekauften Grund. Schon die erste Ernte war so gut, daß er gleich im ersten Jahre sowohl der Gutsherrin wie auch dem Schwager die Schuld bezahlen konnte. So wurde Pachom Gutsbesitzer: der Boden, den er bebaute, auf dem er mähte, sein Holz fällte und sein Vieh weidete, gehörte nun ihm. Sooft Pachom auf sein eigenes Land hinausfuhr, um zu pflügen oder um die Saat und das Gras anzusehen, war er stolz und glücklich. Es schien ihm, daß auf seinem Grund und Boden ganz anderes Gras wachse und andere Blumen blühten als sonst

überall. Wenn er früher an diesem Stück Land vorbei-
gefahren war, schien ihm das Land ganz gewöhnlich;
jetzt war es aber ein gesegnetes Land.

3

So lebte Pachom in Freuden. Er wäre wohl ganz zufrieden gewesen, wenn ihm die Bauern nicht ständig
mit den vielen Flurschäden zugesetzt hätten. Er stellte
sie freundlich zur Rede, aber es half alles nichts: bald
ließen die Hirten die Kühe auf seinen Wiesen grasen,
bald verirrten sich nachts die Pferde in sein Korn.
Pachom trieb das fremde Vieh weg, verzieh den Bauern
und beschwerte sich nicht; auf die Dauer wurde es ihm
aber doch zu dumm, und er zeigte die Schuldigen bei
der Dorfpolizei an. Er wußte zwar, daß die Bauern es
nicht mit böser Absicht taten und daß es nur daher
kam, weil sie so dicht beieinander wohnten; und doch
mußte er sich sagen: ›Ich kann es ihnen doch nicht
immer nachsehen! Sie ruinieren mir schließlich mein
ganzes Land. Ich muß ihnen doch einmal eine Lehre
geben!‹

Er zeigte einen Bauern an, dann einen andern, und
beiden wurden Geldstrafen zudiktiert. Das ärgerte die
Nachbarn, und von nun an kam es vor, daß sie ihn mit
Absicht schädigten.

Jemand kam nachts in sein Wäldchen und fällte zehn
junge Linden, um sich aus ihrer Rinde Bast zu machen.
Als Pachom am nächsten Tage an dieser Stelle vorbei-
fuhr, sah er etwas weiß schimmern. Wie er näher kam,
sah er die abgeschälten Stämme auf der Erde liegen,
nur die Stümpfe ragten noch aus dem Boden. Wenn
der Dieb wenigstens die äußersten Stämme vom Ge-
büsch gefällt und die mittleren stehen gelassen hätte!

Aber nein: er hatte alle der Reihe nach abgehauen. Pachom wurde wütend.

›Wenn ich nur wüßte, wer es war! Dem möchte ich einen ordentlichen Denkzettel geben!‹ Er überlegte lange hin und her und sagte sich schließlich: ›Es kann niemand anders als Semjon gewesen sein.‹

Er ging zu Semjon, durchsuchte seinen Hof, fand aber nichts; es kam nur zu einem Streit. Pachom war nun erst recht davon überzeugt, daß Semjon der Täter war. Er reichte eine Klage ein. Es kam zur Verhandlung, und die Richter mußten Semjon freisprechen, da jeglicher Beweis für seine Schuld fehlte. Darob geriet Pachom noch mehr in Zorn, und er fing einen Streit mit dem Schulzen und den Richtern an. Er sagte zu ihnen: »Ihr steckt unter einer Decke mit den Dieben. Wenn ihr anständig wäret, würdet ihr den Dieb nicht freisprechen!«

Nun war Pachom mit den Richtern und den Nachbarn verzankt. Die Bauern drohten ihm mit dem roten Hahn. So hatte Pachom zwar auf seinem Grund und Boden genügend Raum, doch in der Gemeinde wurde es ihm zu eng.

Um jene Zeit kam das Gerücht auf, daß viele Bauern weiter nach Osten auswanderten. Und Pachom sagte sich: ›Ich selbst brauche ja nicht auszuwandern, denn ich habe auch hier genügend Land; wenn aber jemand von den Nachbarn auswandern wollte, würde es hier geräumiger werden. Ich würde das Land der Auswandernden aufkaufen und damit meinen Besitz abrunden; ich würde es dann viel bequemer haben, denn jetzt ist es wirklich zu eng!‹

Als Pachom einmal zu Hause saß, klopfte bei ihm ein durchreisender Bauer an. Pachom gewährte ihm Nachtquartier, gab ihm zu essen und zu trinken und fragte ihn, woher er des Weges komme. Der Bauer sagte, daß er aus dem unteren Wolgagebiet komme, wo er auf Arbeit gewesen sei. Ein Wort gab das andere, und der Bauer erzählte von den Verhältnissen der Einwanderer in jener Gegend. Viele Leute aus seinem Dorf seien hingezogen; man habe sie ohne Schwierigkeiten in die Gemeinde aufgenommen und einem jeden zehn Dessjatinen Land zugeteilt. Der Boden sei dort sehr fruchtbar: zwischen den Kornähren könne sich ein Pferd verbergen, und fünf Handvoll Ähren gäben eine Garbe ab. Ein Bauer, der gänzlich verarmt und mit leeren Händen hingekommen sei, besitze jetzt sechs Pferde und zwei Kühe.

Pachoms Herz entbrannte. Er sagte sich: ›Was soll ich mich hier in der Enge plagen, wenn ich anderswo viel besser leben kann? Ich will meinen hiesigen Besitz verkaufen und mich mit dem Erlös drüben einrichten. Denn hier in der Enge hat man nichts als Ärger. Nur muß ich zuerst selbst hin und mir die Sache näher anschauen.‹

Als die Sommerarbeiten zu Ende waren, machte sich Pachom auf den Weg. Er fuhr bis Samara die Wolga hinab und ging von dort etwa vierhundert Werst zu Fuß. Er kam in die Gegend. Alles stimmte. Die Bauern hatten dort viel Land. Einem jeden waren zehn Dessjatinen zugeteilt, und Fremde wurden ohne Schwierigkeiten in die Gemeinde aufgenommen. Wer aber auch noch Geld mitbrachte, durfte außer den angewiesenen zehn Dessjatinen noch so viel Land kaufen, wie er wollte; eine Dessjatine bester Erde kostete nur drei Rubel.

Als Pachom alles an Ort und Stelle kennen gelernt hatte, kehrte er zum Herbst nach Hause zurück und begann seinen Besitz zu verkaufen. Er verkaufte sein Land mit Gewinn, verkaufte sein Gehöft, sein Vieh, trat aus der Gemeinde aus und zog im nächsten Frühjahr mit Weib und Kind in die neue Heimat.

4

Pachom kam mit seiner Familie ins neue Land und ließ sich in einem großen Dorfe in die Gemeinde aufnehmen. Er bewirtete die Gemeindeältesten mit Schnaps, und sie verschafften ihm alle notwendigen Papiere. Sie nahmen Pachom in die Gemeinde auf und teilten ihm, da seine Familie aus fünf Köpfen bestand, fünfzig Dessjatinen Land auf verschiedenen Feldern zu; außerdem bekam er einen Anteil am Weideland. Pachom baute sich an und kaufte Vieh. Nun besaß er allein an zugeteiltem Land dreimal mehr als früher; es war guter, fruchtbarer Boden. Er konnte daher zehnmal so gut leben wie früher. Er besaß genügend Ackergrund und Weideland und konnte sich so viel Vieh halten, wie er wollte.

Anfangs, während er sich einrichtete, erschien ihm alles vortrefflich; nachdem er aber eine Zeitlang gewirtschaftet hatte, fand er es auch hier zu eng. Im ersten Jahre säte Pachom Weizen auf dem ihm zugeteilten Lande, und er gedieh sehr gut. Nun bekam er Lust, noch mehr Weizen zu bauen, doch das zugeteilte Land reichte nicht mehr aus. Auch war es nicht von der nötigen Beschaffenheit. In jener Gegend sät man den Weizen auf neuen Steppenboden oder Brachfeld. Man sät ihn nur ein oder zwei Jahre und läßt dann die Erde brach liegen, bis sie wieder mit Steppengras bewachsen ist. Solches Land fand viele Liebhaber, aber für alle konnte es nicht reichen. Das gab immer Grund zu Streitigkeiten; die reicheren Bauern bebauten ihr Land selbst, und die ärmeren verpachteten das ihrige an Kaufleute, um mit dem Pachtzins ihre Steuern zu bezahlen. Auch Pachom wollte mehr von diesem Lande haben. Er ging im nächsten Jahr in die Stadt und pachtete von einem Kaufmann Land auf ein Jahr. Er besäte es, der Weizen gedieh gut, doch das Feld lag zu weit vom Dorf entfernt: er mußte ganze fünfzehn Werst weit fahren. Er sah, daß die reicheren Bauern in der Umgegend wie Gutsbesitzer auf Einzelhöfen lebten und von Jahr zu Jahr reicher wurden. ›Wenn ich mir noch etwas Land zu Erb und Eigen kaufen könnte,‹ dachte er sich, ›würde ich mir auch so ein Gut bauen! Dann hätte ich alles beisammen.‹ Und Pachom sann nun darüber nach, wie er sich Erbland zulegen könnte.

So vergingen drei Jahre. Pachom nahm Land in Pacht und baute Weizen. Die Jahre waren gut, der Weizen gedieh vortrefflich, und Pachom konnte sich etwas Geld zurücklegen. Eigentlich hätte er so sehr gut leben können, aber es ärgerte ihn, daß er jedes Jahr neue Pachtverträge abschließen mußte. Jedesmal gab es große Scherereien: wenn irgendwo besonders guter Boden zu verpachten war, stürzten sich die Bauern von der ganzen Gegend darauf und schnappten ihm alles vor der Nase weg, so daß er nichts säen konnte. Im dritten Jahre pachtete er zusammen mit einem Kaufmann von den Bauern Weideland; sie hatten es schon aufgepflügt, als die Bauern plötzlich einen Prozeß anfingen, und so war alle Mühe verloren. ›Wenn ich eigenes Land hätte,‹ dachte er, ›brauchte ich mich vor niemand zu bücken und hätte diesen Ärger nicht.‹

Nun begann Pachom Erkundigungen einzuziehen, wo er sich Land zu Erb und Eigen kaufen könnte. Er stieß auf einen Bauern, der erst vor kurzem fünfhundert Dessjatinen gekauft hatte, aber in Not geraten war und das Land billig verkaufen mußte. Pachom unterhandelte mit dem Bauern. Sie handelten lange hin und her und einigten sich schließlich auf die Summe von tausend Rubel, wobei die Hälfte des Betrages in Raten zu zahlen war. Das Geschäft war beinahe abgeschlossen, als bei Pachom eines Tages ein durchreisender Kaufmann einkehrte, um seinen Pferden Futter zu geben. Sie tranken Tee und kamen ins Gespräch. Der Kaufmann erzählte, daß er aus dem fernen Baschkirenland komme. Er hätte dort von den Baschkiren fünftausend Dessjatinen Land gekauft, das Ganze hätte nur tausend Rubel gekostet. Pachom begann ihn auszufragen. Der Kaufmann erzählte:

»Ich habe das Land so billig bekommen, weil ich zuvor die Gemeindeältesten beschenkt habe: sie bekamen von mir Teppiche und Kaftane für etwa hundert Rubel, eine Kiste Tee, und solche, die Branntwein trinken, bewirtete ich mit Branntwein. Auf diese Weise bekam ich die Dessjatine zu zwanzig Kopeken.«

Er zeigte ihm den Kaufvertrag und sagte noch: »Das Land liegt an einem Fluß und ist gutes Steppenland.«

Pachom fragte ihn weiter aus, und der Kaufmann sagte: »Es gibt dort so viel Land, daß man es auch in einem Jahre nicht umgehen kann. Alles gehört den Baschkiren. Die Leute sind stumpfsinnig wie die Hammel. Man kann das Land von ihnen beinahe umsonst haben.«

›Nun,‹ denkt sich Pachom, ›warum soll ich für meine tausend Rubel fünfhundert Dessjatinen kaufen und mir dabei noch eine Schuld auf den Hals laden, wenn ich dort für das gleiche Geld viel mehr bekommen kann?‹

5

Pachom erkundigte sich, wie man zu den Baschkiren käme; kaum war der Kaufmann fort, als er sich zur Reise zu rüsten begann. Er vertraute die ganze Wirtschaft seiner Frau an und nahm einen seiner Knechte auf die Reise mit. Sie fuhren zuerst in die Stadt und kauften eine Kiste Tee, Geschenke und Branntwein –

alles, wie der Kaufmann gesagt hatte. Sie fuhren und fuhren und legten an die fünfhundert Werst zurück. Am siebenten Tage kamen sie in das Zeltlager der Baschkiren. Alles war wirklich so, wie der Kaufmann erzählt hatte. Die Baschkiren wohnen in der Steppe, am Flusse, in Zelten aus Filz. Sie treiben keinen Ackerbau und essen kein Brot. In der Steppe weiden ihre Vieh- und Pferdeherden. Hinter den Zelten sind die Füllen angebunden, und zweimal am Tage treibt man die Stuten zu ihnen hin. Die Stuten werden gemolken, und aus der Milch wird Kumys bereitet. Die Weiber rühren den Kumys und machen daraus Käse; die Männer tun aber nichts als Kumys und Tee trinken, Hammelfleisch essen und Flöte blasen. Es sind lauter gesunde, lustige Leute, die den ganzen Sommer lang feiern. Das Volk ist ganz ungebildet, versteht kein Russisch, ist aber sehr freundlich.

Kaum hatten die Baschkiren Pachom erblickt, als sie alle aus ihren Zelten herauskamen und den Gast umringten. Unter ihnen fand sich auch ein Dolmetsch. Pachom ließ ihn den Leuten sagen, daß er des Landes wegen gekommen sei. Darob freuten sich die Baschkiren sehr; sie nahmen ihn bei den Händen, führten ihn in ein schönes Zelt, setzten ihn auf Teppiche und Daunenkissen, ließen sich dann alle um ihn im Kreise nieder und bewirteten ihn mit Kumys und Tee. Sie schlachteten auch einen Hammel und gaben ihm das Fleisch zu essen. Pachom holte aus seinem Wagen die mitgebrachten Geschenke hervor und verteilte sie unter die Baschkiren. Ein jeder bekam ein Geschenk und etwas Tee. Da freuten sich die Baschkiren. Sie sprachen lange miteinander in ihrem Kauderwelsch und ließen dann den Dolmetsch sprechen.

»Sie lassen dir sagen,« sagte der Dolmetsch, »daß sie dich liebgewonnen haben und daß es bei uns Sitte ist, jedem Gast jeden Gefallen zu erweisen und ihm für seine Geschenke Gegengeschenke zu machen. Du hast uns beschenkt; sage uns nun, was dir von unserem Besitz am besten gefällt, damit wir es dir geben.«

»Am besten gefällt mir euer Land,« entgegnete Pachom. »Bei uns zu Hause ist es eng, und der Boden ist erschöpft; bei euch gibt es aber viel Land, und der Boden ist so gut, wie ich noch keinen gesehen habe.«

Der Dolmetsch übersetzte es. Die Baschkiren sprachen wieder lange miteinander. Pachom verstand davon kein Wort, sah aber, daß sie sehr lustig waren: sie schrien und lachten. Dann wurden sie wieder still, blickten alle auf Pachom, und der Dolmetsch sagte:

»Sie lassen dir sagen, daß sie bereit sind, dir für deine Freundlichkeit so viel Land zu geben, wie du magst. Zeige nur mit der Hand, welches Land dir am besten gefällt, und es ist dein.«

Sie sprachen noch eine Weile und schienen in Streit geraten zu sein. Pachom fragte, worüber sie stritten. Und der Dolmetsch sagte:

»Die einen sagen, daß man erst den Ältesten fragen müsse und ohne seine Erlaubnis nichts hergeben dürfe; die andern meinen aber, man könne es auch ohne ihn entscheiden.«

6

Während die Baschkiren so stritten, kam plötzlich ein Mann in einer Fuchsfellmütze ins Zelt. Alle verstummten und erhoben sich. Und der Dolmetsch sagte:

»Es ist der Älteste selbst!«

Pachom holte gleich den schönsten Kaftan hervor und überreichte ihn dem Ältesten; auch fünf Pfund Tee gab er ihm. Der Älteste nahm die Geschenke an und setzte sich auf den Ehrenplatz. Die Baschkiren begannen ihm sofort etwas zu erzählen. Der Älteste hörte sie an, nickte mit dem Kopfe, daß sie schweigen sollten, und sagte zu Pachom russisch:

»Nun, ich habe nichts dagegen. Nimm dir Land, wo es dir beliebt; wir haben genügend da.«

Pachom dachte: ›Was heißt das, daß ich mir so viel nehmen darf, wie ich mag? Man muß es doch irgendwie schriftlich abmachen. Sonst können sie heute sagen, daß es mir gehört, und es mir morgen wieder abnehmen.‹

»Ich danke euch für die freundlichen Worte,« sagte er. »Ihr habt ja viel Land, und ich brauche nur wenig. Ich muß aber genau wissen, welches Stück mir gehört. Man muß es irgendwie abgrenzen und auf meinen Namen einschreiben. Gott ist ja Herr über Leben und Tod. Ihr seid gute Leute und gebt mir das Land; vielleicht kommen aber einmal eure Kinder und nehmen es mir wieder weg.«

»Du hast recht,« entgegnete der Älteste, »man kann es ja auch schriftlich abmachen.«

Pachom sagte weiter:

»Ich habe gehört, daß euch neulich ein Kaufmann besucht hat. Ihr habt ihm gleichfalls etwas Land geschenkt und einen Vertrag darüber abgeschlossen; ich möchte es gern auch so machen.«

Der Älteste begriff alles.

»Das kann man wohl machen,« sagte er, »wir haben auch einen Schreiber; wir wollen in die Stadt fahren und alles besiegeln.«

»Und welchen Preis verlangt ihr dafür?« fragte Pachom.

»Wir haben nur einen Preis: tausend Rubel für den Tag.«

Pachom verstand es nicht.

»Was ist denn der Tag für ein Maß? Wieviel Dessjatinen sind es?«

»Wir verstehen so nicht zu rechnen,« erwiderte der Älteste.

»Wir verkaufen so: Wieviel Land du an einem Tage umgehen kannst, soviel gehört dir. Und ein Tag kostet tausend Rubel.«

Pachom wunderte sich.

»In einem Tage,« sagte er, »kann man ja ein sehr großes Stück Land umgehen.«

Der Älteste lachte:

»Ja, und alles soll dir gehören! Wir machen aber noch eine Bedingung aus: Wenn du am gleichen Tage nicht auf die Stelle zurückkommst, von der du ausgegangen bist, so ist dein Geld verfallen.«

»Wie wollt ihr euch den Weg merken, den ich gegangen bin?« sagte Pachom.

»Sehr einfach: Wir werden uns auf dem Fleck, den du wählst, aufstellen und warten, bis du ein Stück Land umgangen hast. Du nimmst eine Hacke mit und bringst, wo es nötig ist, Grenzmarken an: an den Ecken gräbst du den Rasen auf, und wir werden hinterdrein mit dem Pfluge von Marke zu Marke Furchen ziehen. Du kannst einen beliebig großen Kreis machen, doch mußt du vor Sonnenuntergang an den gleichen Ort zurückkommen, von dem du ausgegangen bist. Alles, was du umgangen hast, ist dein!«

Pachom freute sich. Sie beschlossen, früh am Morgen hinauszugehen. Sie sprachen noch eine Zeitlang miteinander, tranken Kumys, aßen Hammelfleisch und tranken Tee. So wurde es Nacht. Die Baschkiren bereiteten Pachom ein Lager auf einem Daunenpfühl und gingen auseinander. Man verabredete, am nächsten Morgen zeitig aufzubrechen, um den Ort noch vor Sonnenaufgang zu erreichen.

7

Pachom legte sich auf sein Lager, konnte aber keinen Schlaf finden. Er mußte immer an sein Land denken: ›Ich werde mir ein gehöriges Stück Land einheimsen. An einem Tage kann ich ja leicht fünfzig Werst machen. Die Tage sind jetzt so lang wie Jahre; und in einem Kreise von fünfzig Werst ist viel Land enthalten! Das schlechtere Land will ich verkaufen oder an Bauern verpachten, das bessere behalte ich für mich.

Ich schaffe mir zwei Gespann Ochsen an und halte mir noch zwei Knechte; an die fünfzig Dessjatinen will ich bebauen und auf dem übrigen Lande mein Vieh weiden lassen.‹

Erst kurz vor Tag schlummerte Pachom ein. Und er hatte einen Traum. Er lag, so träumte ihm, in diesem selben Zelt und hörte draußen jemand laut lachen. Er wollte sehen, wer es sei, stand auf, ging hinaus und sah den Ältesten der Baschkiren vor dem Zelt sitzen. Er hielt sich mit beiden Händen den Bauch und schüttelte sich vor Lachen. Pachom ging auf ihn zu und fragte: »Worüber lachst du denn?« Es war aber gar nicht der Älteste, sondern jener Kaufmann, der ihn kürzlich besucht und ihm vom Baschkirenland erzählt hatte. Er fragte den Kaufmann: »Bist du lange hier?« Nun war es gar nicht der Kaufmann, sondern jener Bauer aus dem Wolgagebiet, der noch in der alten Heimat zu ihm gekommen war. Und plötzlich sah Pachom, daß es auch gar nicht der Bauer war, sondern der Teufel selbst, mit Hörnern und Hufen. Der Teufel lachte, und vor ihm lag ein Mann, barfuß, nur mit Hemd und Hose bekleidet. Pachom sah genauer hin: Was mochte es für ein Mensch sein? Und er sah – der Mann war tot und war niemand anders als er selbst. Pachom erschrak und erwachte. Als er ganz wach war, sagte er sich: ›Was es doch nicht alles für Träume gibt!‹ Er blickte sich um und sah durch die offene Tür, daß es schon tage. ›Ich muß die Leute wecken,‹ dachte er, ›denn es ist Zeit, aufzubrechen.‹ Pachom stand auf, weckte seinen Knecht, der im Wagen schlief, befahl ihm einzuspannen, und ging, die Baschkiren zu wecken.

»Es ist Zeit,« sagte er, »in die Steppe hinauszufahren, um mein Land abzumessen.«

Die Baschkiren standen auf und versammelten sich vor dem Zelt; auch der Älteste kam herbei. Sie begannen wieder Kumys zu trinken und boten Pachom Tee an; er wollte aber keine Zeit verlieren.

»Wenn wir hinausfahren wollen, müssen wir es gleich tun,« sagte er, »denn es ist höchste Zeit!«

8

Die Baschkiren machten sich fertig, brachen auf und fuhren teils im Wagen, teils ritten sie nebenher. Pachom fuhr mit dem Knecht in seinem Wagen; sie nahmen auch Hacken mit. Wie sie in die Steppe kamen, rötete sich eben der Osten. Sie fuhren einen Hügel, einen ›Schichan‹, wie es in der Baschkirensprache heißt, hinauf, stiegen von den Pferden und Wagen und kamen an einem Platze zusammen. Der Älteste ging auf Pachom zu, zeigte mit der Hand und sagte:

»Dieses ganze Land, so weit dein Blick reicht, gehört uns. Wähle dir nun ein Stück nach deinem Geschmack.«

Pachoms Augen brannten vor Verlangen; es war lauter gutes Steppenland, glatt wie eine Handfläche, schwarz wie Mohnkörner; in den Vertiefungen wuchsen Gräser verschiedener Art, die einem bis an die Brust reichten.

Der Älteste nahm seine Fuchsfellmütze ab und legte sie auf den Boden.

»Das soll unser Merkzeichen sein,« sagte er. »Von hier sollst du ausgehen und hierher wieder zurückkommen. Was du umgehst, gehört dir.«

Pachom holte sein Geld aus der Tasche, legte es auf die Mütze, zog den Kaftan aus und behielt nur sein Unterkleid an. Er schnallte den Gürtel fester um den Leib, steckte sich ein Säckchen mit Brot in den Busen, band sich eine Kürbisflasche mit Wasser an den Gürtel, zog die Stiefelschäfte höher hinauf, reckte sich, nahm aus den Händen des Knechtes die Hacke und stand so marschbereit da. Er überlegte sich noch, welche Richtung er einschlagen sollte – denn das Land war überall von gleicher Güte. Er sagte sich schließlich: ›Es ist ja wirklich einerlei; ich gehe dem Sonnenaufgang zu.‹ Er stellte sich mit dem Gesicht nach Osten, reckte sich und wartete, daß ein Rand der Sonnenscheibe zum Vorschein käme. ›Ich will keine Zeit verlieren‹, sagte er sich; ›solange es noch kühl ist, geht es sich viel leichter.‹ Kaum schossen die ersten Sonnenstrahlen am Himmelsrande hervor, als Pachom die Hacke auf die Schulter nahm und in die Steppe ging.

Pachom ging nicht zu schnell und nicht zu langsam. Als er eine Werst weit gegangen war, grub er ein Loch und schichtete einige Rasenstücke übereinander auf, damit das Zeichen von weitem sichtbar sei. Dann ging er weiter. Seine Glieder waren durch die Bewegung gelenkiger geworden. Er war allmählich in Schwung gekommen und beschleunigte seine Schritte. Er ging noch eine Strecke weiter und grub dann das zweite Loch.

Pachom blickte sich um. Er konnte im Sonnenlichte gut den Hügel sehen, auch die Leute und selbst das Funkeln der eisenbeschlagenen Räder. Pachom schätzte die Strecke, die er zurückgelegt, auf fünf Werst. Es war ihm wärmer geworden; er zog daher auch das Unterkleid aus, warf es über die Schulter und ging weiter. Nun wurde es heiß. Er blickte auf die Sonne – es war gerade die Stunde, Brotzeit zu machen.

›Nun ist gerade ein Viertel des Arbeitstages verstrichen‹, dachte Pachom. ›Es ist noch zu früh, einzubiegen. Ich will mir nur die Stiefel ausziehen.‹ Er setzte sich, zog sich die Stiefel aus, befestigte sie am Gürtel und ging weiter. ›Ich will noch an die fünf Werst gehen und dann links einbiegen. Hier ist der Boden gar zu gut; es wäre schade, wenn ich schon hier einbiegen wollte. Je weiter ich gehe, um so besser scheint das Land.‹ Er ging noch eine Strecke geradeaus und blickte sich um: der Hügel war kaum noch zu sehen; die Leute darauf erschienen wie Ameisen, und die Wagenräder glänzten kaum merklich in der Sonne.

›In dieser Richtung‹, sagte sich Pachom, ›habe ich genug; jetzt heißt es einbiegen! Ich bin ganz in Schweiß gebadet. Ich will etwas Wasser trinken.‹ Er blieb stehen, grub ein etwas größeres Loch, schichtete die Rasenstücke übereinander, band die Kürbisflasche vom Gürtel, trank und bog dann scharf nach links ein. Er ging und ging, geriet in hohes Gras; es wurde aber immer heißer.

Pachom begann Müdigkeit zu spüren; er blickte auf die Sonne und sah, daß es just die Mittagstunde war. ›Nun, jetzt darf ich wirklich etwas ausruhen!‹ Pachom blieb stehen und setzte sich. Er aß Brot, trank Wasser, legte sich aber nicht hin, denn er sagte sich: ›Wenn ich mich hinlege, kann ich unversehens einschlafen.‹ Er saß eine Weile und ging dann weiter. Anfangs fiel ihm das Gehen leicht, denn das Mittagbrot hatte ihn gestärkt. Es war ihm aber sehr heiß, auch wurde er nach und nach schläfrig. Er ging aber rüstig vorwärts und dachte: ›Die Mühe ist kurz, doch das Leben lang.‹

Nachdem er auch in dieser Richtung eine weite Strecke zurückgelegt hatte, wollte er wieder nach links einbiegen; da stieß er aber auf eine feuchte Talsenke; es war schade, sie aufzugeben. Er dachte sich: ›Hier muß Flachs gut gedeihen.‹ Und er ging noch weiter in der gleichen Richtung. Er nahm also auch noch die feuchte Stelle in seinen Kreis auf, grub wieder ein Loch und machte den zweiten Winkel. Pachom blickte zu dem Hügel zurück: es war dunstig geworden, die Luft schien in der Sonnenglut zu zittern, und durch den Dunst hindurch konnte man die Leute auf dem Hügel kaum sehen.

›Ich habe die ersten beiden Seiten zu lang gemacht,‹ sagte sich Pachom, ›die dritte Seite muß kürzer werden.‹

Er ging nun schneller, um noch die dritte Seite des Vierecks abzuschreiten. Er sah auf die Sonne: sie neigte sich der Vesperzeit zu. Auf der dritten Seite hatte er aber erst kaum zwei Werst zurückgelegt, und bis zum Ausgangspunkt blieben noch immer fünfzehn Werst.

›Nein,‹ sagte er sich, ›so geht es nicht: wenn es auch ein schiefes Stück wird, ich muß jetzt geradeaus aufs Ziel zugehen. Daß es nur nicht zuviel wird! Ich habe ja auch schon jetzt genug.‹ Pachom grub schnell ein Loch und ging geradeswegs auf den Hügel zu.

9

Pachom geht also auf den Hügel zu, und das Gehen fällt ihm immer schwerer: er schwitzt, die bloßen Füße sind zerschunden und wollen ihm nicht mehr gehorchen. Er will gern ein wenig ausruhen, darf es aber nicht mehr, sonst kann er vor Sonnenuntergang nicht zurück sein. Die Sonne wartet nicht und sinkt immer tiefer.

›Habe ich nicht doch einen Fehler gemacht und mir zuviel Land genommen? Wenn ich nur nicht zu spät komme!‹

Er blickt bald auf den Hügel, bald auf die Sonne: bis zum Ziel ist es noch weit, die Sonne steht aber schon dicht über dem Steppenrand. Pachom geht mit großer Mühe und beschleunigt dennoch immer seine Schritte. Er geht und geht, die Entfernung bleibt aber immer die gleiche; nun fängt er an zu laufen. Er wirft das Unterkleid, die Stiefel, die Kürbisflasche und die Mütze weg und behält nur die Hacke, um sich auf sie zu stützen.

›O weh,‹ sagt er sich, ›ich war zu gierig, habe die ganze Sache verdorben, werde vor Sonnenuntergang nicht hinkommen.‹ Die Angst benimmt ihm den Atem. Er rennt, was er rennen kann; Hemd und Hose kleben ihm am Leibe, sein Mund ist wie ausgetrocknet, die Brust arbeitet wie ein Schmiedebalg, das Herz hämmert, und die Beine wollen ihn nicht tragen und knicken ein. ›Daß ich nur vor Anstrengung nicht noch sterbe!‹ denkt er voller Angst. Er fürchtet zu sterben, kann aber nicht mehr stehen bleiben.

›Ich bin schon so weit gelaufen,‹ denkt er, ›und wenn ich jetzt stehen bleibe, werden mich die Leute einen Narren nennen!‹

Er läuft und läuft, erreicht beinahe den Hügel und hört, wie ihn die Baschkiren mit Kreischen und Schreien antreiben. Von diesem Geschrei brennt sein Herz noch mehr. Pachom läuft mit den letzten Kräften, die Sonne erreicht aber schon den Steppenrand, sieht durch den Dunst ganz groß und blutrot aus. Jeden Augenblick kann sie untergehen. Er hat aber nicht mehr weit zu laufen. Pachom sieht die Leute auf dem Hügel stehen; sie winken ihm und treiben ihn an. Er sieht auch die Fuchsfellmütze auf der Erde, sieht sein Geld auf ihr liegen, sieht den Ältesten auf der Erde sitzen und sich mit beiden Händen den Bauch halten. Pachom muß an seinen Traum denken. Er sagt sich:

›Nun habe ich viel Land; ob es mir aber von Gott beschieden ist, darauf zu leben? Wehe! Ich habe mich zugrunde gerichtet, erreiche den Hügel nicht mehr . . .‹

Pachom blickt wieder auf die Sonne: sie berührt schon die Erde, und ein Stück an ihrem Rande ist bereits abgeschnitten. Pachom nimmt seine letzten Kräfte zusammen, beugt sich mit dem ganzen Körper vor, so daß seine Beine kaum mitkommen können. Wie Pachom den Hügel erreicht, wird es plötzlich dunkel. Er blickt zurück – die Sonne ist schon untergegangen. Pachom stöhnt auf: »Umsonst war meine ganze Mühe!« Er will stehen bleiben, hört aber die Baschkiren noch immer schreien. Es fällt ihm ein, daß es ihm nur unten so scheint, als sei die Sonne schon untergegangen; vom Hügel kann man sie noch sehen. Pachom holt Atem und läuft den Hügel hinauf. Oben ist es noch hell. Er erreicht den Gipfel und sieht die Mütze. Vor der Mütze sitzt der Älteste, schüttelt sich vor Lachen und hält sich mit den Händen den Bauch. Wieder muß Pachom an seinen Traum denken. Er stöhnt auf, die Beine knicken ihm ein, und er fällt hin, berührt aber mit den beiden Händen gerade noch die Mütze.

»Gut gemacht!« schreit der Älteste. »Viel Land hast du gewonnen.«

Pachoms Knecht kam gelaufen, wollte ihn aufheben, aber Pachom lag tot da, und aus seinem Munde rann Blut. Die Baschkiren schnalzten mit den Zungen und sprachen ihr Bedauern aus.

Der Knecht nahm die Hacke, grub Pachom ein Grab, genau so lang wie das Stück Erde, das er mit seinem Körper, von den Füßen bis zum Kopf, bedeckte – sechs Ellen –, und scharrte ihn ein.

Wovon die Menschen leben

Wir wissen, daß wir aus dem Tode in das Leben kommen sind, denn wir lieben die Brüder. Wer den Bruder nicht liebet, der bleibet im Tode.
(1. Joh. III, 14.)

Wenn aber jemand dieser Welt Güter hat, und siehet seinen Bruder darben, und schließt sein Herz vor ihm zu, wie bleibet die Liebe Gottes bei ihm?
(III, 17.)

Meine Kindlein, laßt uns nicht lieben mit Worten, noch mit der Zunge, sondern mit der Tat und mit der Wahrheit.
(III, 18.)

Die Liebe ist von Gott, und wer lieb hat, der ist von Gott geboren und kennet Gott.
(IV, 7.)

Wer nicht lieb hat, der kennet Gott nicht; denn Gott ist Liebe.
(IV, 8.)

Niemand hat Gott jemals gesehen. So wir uns untereinander lieben, so bleibet Gott in uns.
(IV, 12.)

Gott ist Liebe, und wer in der Liebe bleibet, der bleibet in Gott, und Gott in ihm.
(IV, 16.)

So jemand spricht: Ich liebe Gott, und hasset seinen Bruder, der ist ein Lügner. Denn wer seinen Bruder

nicht liebet, den er siehet, wie kann er Gott lieben, den er nicht siehet?
(IV, 20.)

I

Ein Schuster wohnte mit Frau und Kindern bei einem Bauern zur Miete. Er besaß weder ein eigenes Haus noch ein Stück Land und ernährte sich und die Seinen durch seine Schusterarbeit. Das Brot war teuer, und die Arbeit billig; alles, was er verdiente, wurde sofort verzehrt. Der Schuster und seine Frau hatten zusammen nur einen Pelz, und dieser war schon arg zerfetzt; seit zwei Jahren hatte der Schuster die Absicht, sich Schaffelle zu einem neuen Pelz zu kaufen.

Im Herbst hatte der Schuster etwas Geld gespart: seine Frau hatte in der Truhe einen Dreirubelschein liegen, und die Bauern im Dorfe schuldeten ihm noch fünf Rubel und zwanzig Kopeken.

Eines Morgens rüstete sich der Schuster, ins Dorf zu gehen, um sich die Felle zu kaufen. Er zog sich über das Hemd die wattierte baumwollene Jacke seiner Frau und darüber seinen Kaftan aus Tuch, steckte sich den Dreirubelschein in die Tasche, brach sich einen Stecken ab, frühstückte und machte sich auf den Weg. Er sagte sich: »Ich werde fünf Rubel von den Bauern bekommen, meine drei Rubel dazutun und für dieses Geld Schaffelle für den Pelz einkaufen.«

Der Schuster kam ins Dorf und ging zu einem seiner Schuldner; dieser war nicht zu Hause, und seine Frau versprach, das Geld im Laufe der Woche zu schicken, gab ihm aber keinen Heller; der zweite Schuldner, den er aufsuchte, schwor, kein Geld zu haben, und zahlte ihm nur zwanzig Kopeken für das Ausbessern eines Paares Stiefel. Der Schuster wollte dann die Schaffelle auf Borg nehmen. Doch der Gerber wollte ihm nichts auf Borg geben.

»Wenn du bares Geld bringst, kannst du dir Ware nach deinem Belieben aussuchen; ich weiß ja gut, was es heißt, solche Schulden einzutreiben.«

So gelang es dem Schuster nicht, etwas auszurichten; er hatte nur die zwanzig Kopeken einkassiert und von einem Bauern den Auftrag bekommen, ein Paar alte Filzstiefel mit Leder zu besetzen.

Der Schuster war darüber betrübt; er trank für die zwanzig Kopeken Schnaps und ging ohne Felle nach Hause. Als er morgens ins Dorf ging, fror es ihn; doch jetzt, nachdem er den Schnaps getrunken, fühlte er sich auch ohne Pelz erwärmt. So geht der Schuster seinen Weg, klopft mit dem Stecken auf die mit einer Eiskruste überzogenen Steine, schwenkt mit der anderen Hand die Filzstiefel hin und her und führt ein Selbstgespräch:

»Auch ohne Pelz ist mir warm. Das Gläschen, das ich getrunken, brennt mir in allen Adern. Ich brauche überhaupt keinen Pelz. Meinen Kummer habe ich schon vergessen. So ein Mensch bin ich. Was brauche ich denn überhaupt? Ich kann gut ohne Pelz auskommen. Auch ohne Pelz werde ich mein Leben beschließen. Allerdings wird sich mein Weib grämen. Es ist ja auch wirklich ärgerlich: ich muß mich für den Bauern abmühen, und er zieht die Bezahlung immer hinaus. Warte nur, mein Lieber! Wenn du mir das Geld nicht bringst, so nehme ich dir deine Mütze! Bei Gott! Was soll es denn heißen?! Du willst mir wohl die ganze Schuld in Zwanzigkopekenstücken bezahlen! Was kann man denn mit zwanzig Kopeken anfangen? Höchstens ein Glas Schnaps trinken. Du sprichst von deiner Not. Leide ich denn keine Not? Du hast ja ein Haus und Vieh und eine ganze Wirtschaft, ich aber habe nichts als das, was ich an mir trage; du hast dein eigenes Brot, und ich muß mir welches kaufen. Wenn ich nach Hause komme, heißt es gleich, das Brot sei zu Ende. Nun muß ich wieder eineinhalb Rubel auslegen. Ich brauche also wirklich mein Geld!«

Als sich der Schuster der Kapelle an der Straßenbiegung näherte, sah er hinter der Kapelle etwas Weißes schimmern. Es dämmerte schon; der Schuster sah aufmerksam hin, konnte aber nicht erkennen, was es war. »Ein Stein hat hier vorhin nicht gelegen. Soll's ein Tier sein? Nein, es sieht nicht wie ein Tier aus. Eher ist's ein Mensch, doch warum so weiß? Was sollte auch ein Mensch hier tun?«

Als er näher herankam, konnte er es gut sehen. Ein wahres Wunder: ein nackter Mensch, tot oder lebendig, saß unbeweglich auf der Erde, an die Kapelle gelehnt. Der Schuster erschrak und dachte sich: »Man hat hier einen Menschen umgebracht, ausgeraubt und nackt liegen gelassen. Wenn ich nur herangehe und mich in die Sache einmische, bekomme ich gleich die ganze Obrigkeit auf den Hals.«

Der Schuster ging weiter. Während er um die Kapelle herumging, war der Leichnam nicht mehr zu sehen. Als er aber ein Stück weitergegangen war und sich umblickte, sah er, daß der Mensch, den er für tot hielt, von der Mauer wegrückte und ihm nachsah. Er erschrak noch mehr und sagte sich: »Soll ich umkehren oder meinen Weg weitergehen? Wenn ich auf ihn zugehe, kann er mir leicht etwas antun – wer weiß, wer er ist? Es sind sicher keine guten Werke, für die er hergeraten ist. Wenn ich mich ihm nähere, kann er aufspringen und mich erwürgen; dann bleibe ich hier liegen. Und wenn er mich nicht erwürgt, habe ich nur eine neue Sorge. Was soll ich mit dem Nackten anfangen? Ich kann mir doch wirklich nicht meine letzten Kleider vom Leibe reißen und sie ihm geben. Möge Gott mich nur glücklich nach Hause führen!«

Der Schuster ging schneller. Als er die Kapelle beinahe aus dem Gesicht verloren hatte, bekam er Gewissensbisse.

Der Schuster blieb wieder stehen und sagte sich:

»Was tust du denn, Ssemjon? Ein Mensch geht hier zugrunde, und du bist so feig, daß du ihn in seinem Unglück liegen läßt. Oder bist du plötzlich reich geworden und fürchtest, daß man dir deinen Reichtum nimmt? Nein, Ssemjon, das war nicht gut getan!«

II

Ssemjon kehrte um. Er ging auf den Menschen zu und betrachtete ihn: es war ein junger, kräftiger Mann, der gar nicht verwundet, sondern nur erfroren und verängstigt schien; er saß noch immer auf dem Boden, an die Kapelle gelehnt, und sah Ssemjon gar nicht an; er war wohl so schwach, daß er die Augen nicht öffnen konnte. Erst als Ssemjon ganz dicht vor ihm stand, kam der Mann zur Besinnung, wendete den Kopf nach ihm um, schlug die Augen auf und blickte ihn an. Durch diesen Blick gewann Ssemjon den Nackten lieb. Er warf die Filzstiefel auf die Erde, löste seinen Gürtel, legte ihn auf die Filzstiefel und zog den Kaftan aus.

»Wir wollen nicht lange reden,« sagte er. »Ziehe den Kaftan an! Mach's schnell!«

Ssemjon ergriff den Mann am Ellenbogen und half ihm aufstehen. Der Mann erhob sich. Ssemjon sah einen feinen, sauberen Körper, dessen Glieder weder verwundet noch verrenkt waren, und ein frommes und rührendes Gesicht. Ssemjon warf ihm seinen Kaftan über die Schultern. Die Arme wollten nicht in die Ärmel geraten. Ssemjon half ihm die Arme in die Ärmel hineinstecken, schlug ihm den Kaftan vorne zusammen und umgürtete ihn mit seinem Gürtel.

Ssemjon nahm dann seine zerrissene Mütze vom Kopf, um sie dem Nackten aufzusetzen. Ihm fror aber gleich der Kopf, und er überlegte sich: »Ich habe eine Glatze, ihm hängen aber lange Locken an den Schläfen herab.« Er setzte sich seine Mütze wieder auf. »Ich will ihm lieber die Filzstiefel geben.« Er ließ ihn sich niedersetzen und zog ihm die Stiefel an.

Als der Schuster ihn so bekleidet hatte, sagte er ihm:

»Ja, so ist es, Bruder. Nun rühre dich, um dich zu erwärmen. Was dir geschehen, wird man hier auch ohne uns untersuchen. Kannst du überhaupt gehen?«

Der Mann steht da, blickt freundlich auf Ssemjon, kann aber kein Wort sagen.

»Warum sagst du nichts? Wir wollen doch hier nicht überwintern. Wir müssen nach Hause. Hier hast du meinen Stecken, stütze dich, wenn du so schwach bist. Rühre dich!«

Und der Mann ging. Er ging ganz leicht und blieb nicht hinter Ssemjon zurück.

Unterwegs fragt ihn Ssemjon:

»Was für ein Landsmann bist du?«

»Ich bin nicht von hier.«

»Die Hiesigen kenne ich ja alle. Wie bist du eigentlich hinter die Kapelle geraten?«

»Das darf ich nicht sagen.«

»Dir haben wohl Menschen etwas zuleide getan?«

»Niemand hat mir etwas zuleide getan. Gott hat mich gestraft.«

»Ich weiß ja, daß alles von Gott kommt; du mußt dir aber doch irgendwie ein Unterkommen suchen. Wo willst du eigentlich hin?«

»Es ist mir einerlei.«

Ssemjon wunderte sich sehr. Wie ein Spaßvogel sah der Mensch nicht aus; seine Rede klang freundlich und sanft, und doch wollte er nichts von sich sagen. Ssemjon dachte sich: »Es kommen ja so verschiedene Dinge auf der Welt vor.« Und er sagte dem Menschen:

»Nun, komm in mein Haus, da wirst du dich wenigstens etwas erholen.«

Ssemjon ging weiter, und der Fremde blieb nicht zurück. Ein Wind erhob sich, drang Ssemjon unter das Hemd, und vor Frost verflog sein ganzer Rausch. Er atmete laut mit der Nase, hielt sich die Jacke vorne zu und dachte sich: »Da habe ich den Pelz! Ich bin fortgegangen, um einen Pelz zu kaufen, komme aber ohne Kaftan nach Hause und bringe noch einen Nackten heim. Matrjona wird mich dafür nicht loben!« Und wenn ihm Matrjona in den Sinn kommt, wird ihm ganz traurig zumute. Wenn er aber den Fremden ansieht und daran denkt, wie ihn dieser hinter der Kapelle angeblickt hat, freut sich sein Herz.

III

Ssemjons Frau ist an diesem Abend mit ihrer Hausarbeit früher als sonst fertig geworden. Sie hat Holz gehackt, Wasser vom Brunnen geholt, den Kindern zu essen gegeben und auch selbst gegessen. Nun überlegt sie sich, wann sie Brotteig bereiten soll: heute oder erst morgen? Es ist noch ein ziemlich großes Stück Brot übriggeblieben.

»Wenn Ssemjon im Dorfe zu Mittag gegessen hat«, so denkt sie sich, »und zum Abendbrot nicht viel ißt, wird das Brot auch noch für morgen langen.«

Matrjona wendet das Brot hin und her und denkt: »Nein, ich werde den Brotteig erst morgen bereiten.

Das Mehl reicht ja auch nur noch für einmal. Bis Freitag müssen wir damit auskommen.«

Matrjona legt das Brot fort und setzt sich an den Tisch, um das Hemd ihres Mannes zu flicken. Während sie mit der Flickarbeit beschäftigt ist, denkt sie daran, wie ihr Mann beim Gerber die Felle einkauft.

»Daß ihn der Gerber nur nicht betrügt! Mein Mann ist ja so einfältig. Er selbst wird niemand betrügen, ihn kann aber auch ein kleines Kind anführen. Acht Rubel sind keine Kleinigkeit. Für dieses Geld kann man ja schon einen recht guten Pelz bekommen. Wenn auch einer aus ungegerbten Fellen, immerhin wird es ein Pelz. Im vergangenen Winter hatten wir es ja so schwer ohne Pelz! Wir konnten weder zum Fluß, noch sonst irgendwohin ausgehen. Wenn er ausgeht, zieht er alle unsere Sachen an, so daß ich nichts mehr anzuziehen habe. Er ist ja heute so früh fortgegangen, und es wäre Zeit, daß er heimkommt. Ob mein Männchen nicht irgendwo im Wirtshause sitzt?«

Kaum hatte Matrjona das gedacht, als die Stufen auf dem Flur knarrten und jemand ins Haus trat. Matrjona steckte die Nadel in die Arbeit und ging ins Vorhaus. Sie sah, daß zwei gekommen waren: ihr Mann und mit ihm ein unbekannter Bauer in Filzstiefeln und ohne Mütze.

Matrjona merkte sofort, daß ihr Mann nach Schnaps roch. Sie sagte sich:

»Ich habe also doch recht gehabt: er kommt wirklich aus dem Wirtshause.« Und als sie sah, daß er ohne Kaftan war und nur ihre Jacke anhatte, daß er mit leeren Händen kam, kein Wort sagte und verlegen dreinschaute, stand ihr das Herz still. Sie dachte: »Er hat das Geld mit irgendeinem Strolche vertrunken und bringt jetzt den Kumpan auch noch mit.«

Matrjona ließ die beiden in die Stube eintreten und kam auch selbst mit herein. Sie sah einen fremden, jungen, hageren Mann, mit dem Kaftan ihres Mannes bekleidet. Unter dem Kaftan sah man kein Hemd, auch hatte er keine Mütze auf dem Kopfe. Als er in die Stube kam, blieb er vor der Schwelle unbeweglich stehen und hob nicht einmal seine Augen. Matrjona sagte sich: »Es ist wohl kein guter Mensch, denn er ist so scheu.«

Matrjona runzelte die Stirne, ging zum Ofen und wartete, was die beiden wohl anfangen würden.

Ssemjon nahm seine Mütze ab und setzte sich auf die Bank, als ob alles in bester Ordnung wäre.

»Nun, Matrjona, wirst du uns vielleicht das Abendbrot geben?«

Matrjona brummte sich etwas unter die Nase. Sie stand unbeweglich vor dem Ofen und blickte kopfschüttelnd bald den einen und bald den anderen an. Als Ssemjon sah, daß seine Alte schlechter Laune war, stellte er sich so, als ob er es gar nicht merkte. Er nahm den Fremden bei der Hand und sagte: »Setz dich doch, Bruder, wir wollen essen.«

Der Fremde setzte sich auf die Bank.

»Hast du denn heute nichts gekocht?«

Matrjona wurde böse.

»Gekocht habe ich schon, doch nicht für dich. Wie ich sehe, hast du auch deinen Verstand vertrunken. Nach einem Pelz bist du gegangen, und ohne Kaftan kommst du zurück; bringst auch noch einen nackten Strolch mit nach Hause. Ich habe kein Abendbrot für euch, ihr Trunkenbolde.«

»Laß es sein, Matrjona, schwatze nicht! Frage doch zuerst, wer der Mann ist . . .«

»Sage du, wo hast du das Geld hingetan?«

Ssemjon holte aus dem Kaftan den Schein und zeigte ihn seiner Frau.

»Hier ist das Geld; Trofimow hat aber seine Schuld nicht bezahlt, hat versprochen, morgen zu bezahlen.«

Matrjona kam ganz außer Fassung: den Pelz hatte er nicht gekauft, den letzten Kaftan einem Nackten gegeben und diesen mit ins Haus gebracht.

Sie nahm den Schein vom Tisch, verwahrte ihn wieder in der Truhe und sagte:

»Ich habe kein Abendbrot. Alle nackten Trunkenbolde kann ich nicht füttern.«

»Ach, Matrjona, halte doch deine Zunge im Zaum und höre, was man dir sagt.«

»Von einem betrunkenen Narren bekomme ich doch nichts Gescheites zu hören! Nicht umsonst habe ich dich Trunkenbold nicht heiraten wollen; Mütterchen gab mir Leinwand in die Ehe, und du hast sie vertrunken; nun bist du ins Dorf gegangen, um einen Pelz zu kaufen, und hast das ganze Geld vertrunken.«

Ssemjon wollte seiner Frau erklären, daß er nur zwanzig Kopeken vertrunken, er wollte ihr sagen, wo er den Mann gefunden habe. Matrjona ließ ihn aber nicht zu Worte kommen und redete so viel und so schnell, daß es schien, sie spreche immer zwei Worte auf einmal aus. Selbst Dinge, die zehn Jahre zurücklagen, brachte sie in Erwähnung.

Während sie so redete, sprang sie auf Ssemjon zu und packte ihn am Ärmel.

»Gib mir mal meine Jacke her; ich habe nur die eine, und auch die hast du mir weggenommen. Gib die Jacke her, du Hund, daß dich der Teufel!«

Ssemjon zog die Jacke aus, drehte aber dabei einen Ärmel um. Matrjona zerrte am anderen Ärmel, daß die Nähte krachten. Sie nahm die Jacke, warf sie sich über den Kopf und ergriff die Türklinke. Sie wollte weglaufen, blieb aber plötzlich stehen: sie war sehr aufgebracht und wollte ihrem Ärger Luft machen; zugleich wollte sie gar zu gerne wissen, wer der Mensch war.

IV

Matrjona blieb vor der Türe stehen und sagte:

»Wenn es ein guter Mensch wäre, würde er nicht so nackt herumlaufen; er hat aber nicht einmal ein Hemd an! Wenn dein Gewissen rein wäre, würdest du mir sagen, wo du diesen Fant aufgegabelt hast.«

»Das will ich dir eben sagen: Wie ich an der Kapelle vorbeigehe, sitzt er nackt auf der Erde und scheint erfroren. Jetzt ist ja nicht Sommer, daß man nackt herumlaufen könnte. Gott hat mich zu ihm gebracht, sonst wäre er wohl umgekommen. Was sollte ich denn tun? Es kommen ja so verschiedene Dinge in der Welt vor. Ich habe ihn also bekleidet und hergebracht. Bezähme dein Herz, Matrjona, sündige nicht! Wir werden ja alle einmal sterben.«

Matrjona wollte weiter schimpfen. Als sie aber den Fremden ansah, mußte sie verstummen. Der Fremde saß unbeweglich am äußersten Ende der Bank, die Hände auf den Knien, den Kopf gesenkt; er hielt die Augen geschlossen und verzog das Gesicht, als ob ihn etwas würgte. Matrjona schwieg, und Ssemjon sagte:

»Matrjona, ist denn kein Gott in dir?«

Als Matrjona dies Wort hörte und den Fremden noch einmal anblickte, war ihr Zorn auf einmal verschwunden. Sie ging von der Türe zum Ofen und holte das Abendbrot hervor. Sie stellte eine Schüssel auf den Tisch, goß Kwas hinein und brachte den letzten Brotrest. Sie reichte ein Messer und zwei Löffel.

»Nun, nachtmahlt doch!«

Ssemjon schob den Fremden näher an den Tisch heran, schnitt das Brot, brockte es in die Schüssel, und sie

38

begannen zu essen. Matrjona setzte sich an die Tischecke, stützte den Kopf in eine Hand und blickte auf den Fremden.

Und sie fühlte Mitleid mit dem Fremden, denn sie hatte ihn gleich liebgewonnen. Plötzlich erheiterte sich das Gesicht des Fremden, der leidende Ausdruck verschwand, er hob die Augen und lächelte Matrjona zu.

Als sie gegessen hatten, räumte Matrjona das Geschirr weg und begann den Fremden auszufragen:

»Was für ein Landsmann bist du?«

»Ich bin nicht von hier.«

»Wie bist du auf die Straße geraten?«

»Das darf ich nicht sagen.«

»Wer hat dich ausgeraubt?«

»Gott hat mich gestraft.«

»Bist du wirklich so nackt auf der Straße gelegen?«

»Ja, so nackt, und wäre beinahe erfroren. Als mich aber Ssemjon sah, hatte er Mitleid mit mir; er zog mir seinen Kaftan an und nahm mich mit. Hier aber hast du mir zu essen gegeben und dich meiner erbarmt. Gott wird euch dafür seine Gnade erweisen!«

Matrjona stand auf, nahm das alte Hemd ihres Mannes, das sie vorhin geflickt hatte, von der Fensterbank und reichte es dem Fremden; sie fand auch ein Paar Unterhosen und gab sie ihm.

»Hier nimm die Sachen! Ich sehe ja, daß du nicht einmal ein Hemd anhast. Zieh dich an und lege dich hin, wo du willst: auf die Bank oder auf den Ofen.«

Der Fremde zog den Kaftan aus und Hemd und Hose an und legte sich auf die Bank. Matrjona löschte das Licht aus, nahm den Kaftan und legte sich neben ihren Mann.

Matrjona deckte sich mit einem Ende des Kaftans zu, konnte aber nicht einschlafen: sie mußte immer an den Fremden denken. Wenn sie denkt, daß er das letzte

Stück Brot gegessen und sie für morgen kein Brot mehr übrig hat, daß sie ihm das Hemd und die Hose geschenkt hat, wird es ihr traurig zumute; wenn sie aber an sein Lächeln denkt, hüpft ihr Herz vor Freude.

Matrjona konnte lange nicht einschlafen. Als sie merkte, daß auch Ssemjon nicht schlief und den Kaftan zu sich hinüberzog, rief sie ihn an:

»Ssemjon!«

»He?«

»Wir haben unser letztes Brot gegessen, und ich habe kein neues bereitet. Ich weiß gar nicht, was wir morgen tun sollen. Vielleicht wird mir Gevatterin Malanja welches geben.«

»Wenn wir leben werden, werden wir auch satt sein.«

Das Weib lag eine Zeitlang still, dann begann sie wieder:

»Der Mensch gefällt mir nicht schlecht; es ist aber sonderbar, daß er uns nichts sagen will.«

»Wahrscheinlich darf er nichts sagen.«

»Ssemjon!«

»He?«

»Wir geben den andern, warum gibt uns aber niemand?«

Darauf konnte Ssemjon nichts erwidern. Er sagte nur: »Genug des Redens«, drehte sich um und schlief ein.

V

Als Ssemjon am anderen Morgen erwachte, schliefen die Kinder noch; Matrjona war zu den Nachbarn gegangen, um Brot zu leihen. Der Fremde von gestern saß im alten Hemd auf der Bank und blickte zur Decke. Sein Gesicht schien heiterer als gestern.

Ssemjon sagte:

»Ja, mein Lieber: der Magen verlangt Brot, und der nackte Leib verlangt Kleidung. Man muß sich doch irgendwie ernähren. Kannst du arbeiten?«

»Ich kann nichts.«

Ssemjon wunderte sich und sagte:

»Wenn du nur wolltest. Ein Mensch kann alles lernen.«

»Wenn die Menschen arbeiten, so werde ich auch arbeiten.«

»Wie heißt du?«

»Michailo.«

»Wenn du mir nichts über dich sagen willst, Michailo, so ist es eben deine Sache. Jedenfalls mußt du dich irgendwie ernähren. Wenn du für mich arbeiten willst, werde ich dich bei mir behalten.«

»Möge dir Gott seine Gnade erweisen! Ich will gerne bei dir in der Lehre bleiben. Zeige mir, was ich tun soll.«

Ssemjon nahm einen Pechdraht, wickelte ihn sich um die Finger und machte einen Knoten.

»Es ist nicht schwer, schau nur zu . . .«

Michailo sah zu, wickelte sich einen Pechdraht richtig um die Finger und machte gleichfalls einen Knoten.

Dann zeigte ihm Ssemjon, wie man zwei Enden vom Pechdraht miteinander verbindet. Auch das begriff Michailo sofort. Der Schuster zeigte ihm noch, wie man Schweinsborsten eindreht und wie man absteppt. Michailo zeigte sich in allen Dingen sehr gelehrig.

Was für eine Arbeit Ssemjon ihm auch zeigte, alles begriff er sofort. Am dritten Tag arbeitete er schon so geschickt, als ob er sein Lebtag Stiefel genäht hätte. Er arbeitete viel und aß wenig; wenn keine Arbeit da war, saß er schweigend auf der Bank und blickte nach oben. Er ging nie auf die Straße, sprach nichts Übriges, scherzte und lachte nie.

Nur das eine Mal am ersten Abend, als die Frau das Abendbrot auf den Tisch stellte, sah man ihn lächeln.

VI

Ein Tag folgte dem anderen, eine Woche der anderen, und so verging ein ganzes Jahr. Michailo lebte noch immer bei Ssemjon und arbeitete für ihn. Bald sagten alle Leute, daß es weit und breit keinen besseren Schuhmacher gäbe als Ssemjons neuen Gesellen; niemand könne so saubere und so dauerhafte Arbeit liefern. Aus der ganzen Gegend kamen die Leute zu Ssemjon, um sich bei ihm Stiefel machen zu lassen, und so erwarb der Schuster einiges Vermögen.

Einmal im Winter saßen Ssemjon und Michailo am Fenster und arbeiteten; plötzlich hörten sie Schellengeläute und sahen eine Troika vor dem Hause halten. Ein Bursche sprang vom Bock und öffnete den Schlag. Aus dem Wagen stieg ein vornehmer Herr in teurem Pelz. Er ging auf Ssemjons Haus zu und trat in den Flur. Matrjona sprang heraus und riß vor ihm die Türe auf. Der Herr bückte sich, trat in die Stube, und als er sich aufrichtete, berührte sein Kopf beinahe die Decke; so groß war er, daß er eine ganze Ecke einnahm.

Ssemjon stand auf, verbeugte sich und wunderte sich sehr über den Herrn. Er hatte noch nie solch einen Menschen gesehen. Ssemjon war mager, auch Michailo war mager, Matrjona war aber so dürr wie ein Span; dieser Mensch schien aus einer anderen Welt zu kommen: sein Gesicht war rot und gebläht, der Hals wie bei einem Stier, und er schien aus einem Stück Eisen gegossen.

Der Herr verschnaufte sich, zog den Pelz aus, setzte sich auf die Bank und sagte:

»Wer ist hier der Meister?«

Ssemjon trat vor und sagte:

»Ich bin es, Euer Gnaden.«

Der Herr rief seinem Burschen:

»Fedjka, bring das Leder her!«

Der Bursche brachte sofort ein Bündel. Der Herr nahm es aus seinen Händen, legte es auf den Tisch und sagte:

»Binde es auf!«

Der Bursche band es auf. Der Herr wies mit dem Finger auf das Leder und sagte zu Ssemjon:

»Paß auf, Schuster, siehst du die Ware?«

»Ich sehe wohl, Euer Gnaden.«

»Verstehst du denn überhaupt, was das für eine Ware ist?«

Ssemjon betastete das Leder und sagte:

»Die Ware ist gut.«

»Das will ich meinen! So eine Ware hast du Dummkopf wohl noch nie im Leben gesehen. Es ist ausländische Ware, zwanzig Rubel kostet das Stück.«

Ssemjon erschrak und sagte:

»Wo sollte ich solch eine Ware gesehen haben?«

»Na also! Kannst du mir aus diesem Leder gut passende Stiefel nähen?«

»Ich kann es wohl, Euer Gnaden.«

Der Herr schrie ihn an:

»Das ist leicht gesagt. Begreifst du denn überhaupt, für wen du arbeitest und was es für ein Leder ist? Du sollst mir Stiefel nähen, die ein Jahr halten, ohne schief zu werden und ohne zu reißen. Wenn du es kannst, übernimm die Arbeit und schneide das Leder zu; und wenn du es nicht kannst, so rühre das Leder lieber gar nicht an! Ich will es dir gleich im vorhinein sagen: wenn die Stiefel vor einem Jahr reißen oder schief werden, bringe ich dich ins Gefängnis; wenn sie aber weder schief werden noch reißen, werde ich dir zehn Rubel für deine Arbeit zahlen.«

Ssemjon war so erschrocken, daß er gar nicht wußte, was er darauf sagen sollte. Er blickte sich nach Michailo um, stieß ihn mit dem Ellenbogen an und flüsterte:

»Soll ich die Arbeit nehmen?«

Michailo nickte nur: »Ja, nimm die Arbeit!«

Ssemjon hörte auf den Rat und übernahm es, solche Stiefel zu nähen, die ein Jahr lang halten und weder reißen noch schief werden.

Der Herr rief wieder seinen Burschen herbei und befahl ihm, den Stiefel vom linken Fuß abzuziehen. Er streckte das Bein vor und sagte: »Nimm Maß!«

Ssemjon heftete einen Papierstreifen, zehn Werschock lang, zusammen, glättete ihn mit den Fingern, kniete vor dem Herrn nieder, wischte sich die Hand sorgfältig an der Schürze ab, um den Strumpf des Herrn nicht zu beschmutzen, und begann Maß zu nehmen. Er maß die Sohle, er maß den Rist, und als er den Umfang der Wade messen wollte, war der Papierstreifen zu kurz. Das Bein war an der Wade so dick wie ein Balken. Der Herr warnte ihn noch: »Paß auf, daß der Schaft nicht zu eng wird!« Ssemjon heftete einen neuen Streifen an. Der Herr saß auf der Bank, bewegte die Zehen im Strumpf und musterte die Anwesenden. Als er Michailo erblickte, fragte er:

»Wer ist denn der?«

»Das ist mein Geselle, der die Stiefel nähen wird.«

»Paß auf,« wandte sich der Herr zu Michailo, »sieh zu, daß die Stiefel ein Jahr lang halten!«

Auch Ssemjon blickte Michailo an: dieser sah gar nicht auf den Herrn, sondern starrte in die Ecke hinter dem Herrn, als ob er dort jemand sähe. Michailo sah lange unverwandt in die Ecke, und plötzlich lächelte er, wobei sein Gesicht ganz licht wurde.

44

»Was lachst du, Dummkopf? Paß lieber auf, daß die Stiefel zur Zeit fertig werden!«

Michailo erwiderte:

»Sie werden just zur richtigen Zeit fertig.«

»Na also!«

Der Herr zog den Stiefel wieder an, hüllte sich in den Pelz und ging zur Türe. Er vergaß aber, sich zu bücken und stieß mit dem Kopf gegen den Querpfosten.

Der Herr schimpfte, rieb sich den Kopf, setzte sich in den Wagen und fuhr fort.

Als er fortgefahren war, sagte Ssemjon:

»Der hat aber einen harten Schädel! Den Pfosten hat er beinahe zerbrochen, es scheint ihm aber nichts zu machen.«

Und Matrjona sagte:

»Wenn einer so gut lebt wie der Herr, muß er auch gesund sein und manches aushalten können. So einem eisernen Menschen kann wohl auch der Tod nichts antun.«

VII

Und Ssemjon sagte zu Michailo:

»Wir haben die Arbeit genommen und müssen jetzt sehen, daß wir durch sie nicht in Unglück geraten. Die Ware ist teuer, und der Herr ist böse. Daß wir es ihm nur recht machen! Du hast ja schärfere Augen und auch geschicktere Hände: hier hast du das Maß, schneide das Leder zu; ich werde indes die andere Arbeit fertig nähen.«

Michailo gehorchte; er nahm das Leder, das der Herr gebracht hatte, legte es doppelt zusammen, breitete es auf dem Tische aus, nahm das Messer und begann zuzuschneiden.

Matrjona kam hinzu. Sie sah, wie Michailo arbeitete, und wunderte sich über seine Arbeit. Sie verstand etwas vom Schusterhandwerk und merkte, daß Michailo das Leder nicht zu Schaftstiefeln, sondern zu leichten Schuhen zuschnitt.

Matrjona wollte den Gesellen fragen, was er denn mache; doch sie dachte sich: »Ich habe wohl nicht richtig verstanden, was für Stiefel der Herr haben wollte. Michailo wird es besser wissen. Ich will mich lieber nicht einmischen.«

Nachdem Michailo das Leder zugeschnitten, nahm er einen Pechdraht und begann zu nähen. Er nahm aber den Draht nicht doppelt, wie man es bei Stiefeln tut, sondern einfach, wie man Pantoffeln näht.

Wieder wunderte sich Matrjona, mischte sich aber nicht ein. Michailo nähte immer weiter. Als es Zeit war, zu Mittag zu essen, stand Ssemjon von seiner Bank auf und sah, daß Michailo aus dem teueren Leder ein Paar leichte Schuhe genäht hatte.

Ssemjon war außer sich. »Wie kommt es,« fragte er sich, »daß Michailo, der sich während der ganzen Zeit noch nie irrte, plötzlich solches Unheil anrichtet? Der Herr hat Randstiefel mit hohen Schäften bestellt, er aber hat Pantoffeln ohne Absätze gemacht und das ganze Leder verschnitten. Wie stehe ich jetzt da? Solches Leder werde ich wohl nirgends auftreiben können.«

Und er sagte zu Michailo:

»Was hast du, mein Lieber, angestellt? Du hast mir eine Grube gegraben. Der Herr hat Stiefel bestellt, und was hast du da genäht?«

Kaum hatte er mit seinen Vorwürfen begonnen, als jemand am Ring vor der Türe klopfte. Sie blickten zum Fenster hinaus und sahen, daß ein Berittener vor dem

Hause hielt und sein Pferd draußen anband. Sie öffneten die Türe: der Bursche des Herrn trat in die Stube.

»Grüß Gott!«

»Grüß Gott. Was willst du?«

»Mich schickt die Frau des Herrn der Stiefel wegen.«

»Was ist denn mit den Stiefeln?«

»Ja, der Herr braucht eben keine Stiefel mehr. Der Herr ist verschieden.«

»Was sagst du da?«

»Wie er von euch nach Hause fuhr, ist er unterwegs im Wagen gestorben. Als der Wagen vor dem Hause hielt und man ihm heraushelfen wollte, lag er tot und erstarrt im Wagen. Es kostete uns große Mühe, ihn herauszuziehen. Nun hat mich die Frau hergeschickt: ›Sag' dem Schuster, daß der Herr, der vorhin da war und sein Leder zurückgelassen hat, die Stiefel nicht mehr braucht; statt der Stiefel soll er schnell ein Paar Leichenschuhe nähen. Warte, bis die Schuhe fertig sind, und bringe sie gleich mit!‹ Nun bin ich hergekommen und will auf die Schuhe warten.«

Michailo nahm die Lederreste vom Tisch, rollte sie zusammen, nahm auch die fertigen Leichenschuhe in die Hand, schlug einen an den andern, wischte sie mit der Schürze ab und reichte sie dem Burschen. Der Bursche nahm die Schuhe und sagte:

»Lebt wohl, Meister und Meisterin! Guten Tag!«

VIII

So verging das zweite Jahr und das dritte Jahr; sechs Jahre wohnte bereits Michailo bei Ssemjon. Seine Lebensweise war dieselbe geblieben. Er ging nie aus, sprach kein unnützes Wort und hatte während der ganzen Zeit nur zweimal gelächelt: das eine Mal, als ihm Matrjona das Abendbrot reichte, und das zweite Mal, als er den Herrn sah. Ssemjon war mit seinem Gesellen immer zufrieden. Er fragte ihn auch nie mehr, woher er stamme; er fürchtete nur das eine, daß Michailo ihn verlassen möchte.

Einmal saßen sie alle zu Hause. Die Meisterin machte sich am Herd zu schaffen, die Kinder sprangen auf den Bänken herum und blickten zu den Fenstern hinaus. Ssemjon nähte vor dem einen Fenster, Michailo nagelte vor dem anderen Fenster an einem Absatz.

Ein Junge lief zu Michailo heran, lehnte sich an seine Schulter und sah zum Fenster hinaus.

»Onkel Michailo, sieh mal hin: die Kaufmannsfrau mit den Mädchen will wohl zu uns? Eines der Mädchen hinkt.«

Als der Junge dies gesagt hatte, ließ Michailo seine Arbeit liegen, wandte sich zum Fenster und blickte auf die Straße.

Darüber wunderte sich Ssemjon. Michailo hatte ja noch nie auf die Straße geschaut, jetzt sah er aber unverwandt zum Fenster hinaus und konnte sich gar nicht satt sehen. Auch Ssemjon sah hinaus: auf sein Haus ging wirklich eine sauber gekleidete Frau zu und führte an jeder Hand ein kleines Mädchen. Die Mädchen trugen Pelzmäntel und bunt gemusterte Kopftücher und sahen einander so ähnlich, daß man sie kaum voneinander unterscheiden konnte. Eines der Mädchen hatte einen verwachsenen Fuß und hinkte.

Die Frau kam in den Hausflur und fand tastend die Türklinke. Sie ließ zuerst die beiden Mädchen eintreten und kam dann selbst in die Stube.

»Grüß Gott, Meister und Meisterin!«

»Willkommen. Womit kann ich dienen?«

Die Frau setzte sich an den Tisch, und die Mädchen schmiegten sich an ihre Knie: sie schienen etwas menschenscheu.

»Ich will meinen Mädchen zum Frühjahr Lederschuhe machen lassen.«

»Das kann ich wohl machen. Wir haben zwar für so kleine Kinder noch nie gearbeitet, werden es aber fertigbringen. Man kann den Kindern Randschuhe nähen oder auch umgewendete Schuhe mit Leinenfutter. Mein Geselle Michailo ist ein tüchtiger Arbeiter.«

Ssemjon blickte sich nach Michailo um und sah, daß dieser seine Arbeit liegen gelassen hatte und unverwandt auf die Mädchen starrte.

Auch darüber war Ssemjon sehr erstaunt. Die Mädchen waren allerdings nett: schwarzäugig, rotbackig, rund und schön gekleidet; und doch konnte Ssemjon nicht begreifen, warum Michailo sie so anstarrte, als ob er sie von früher her kenne.

Ssemjon schüttelte vor Erstaunen den Kopf und begann mit der Frau über den Preis zu unterhandeln. Nachdem sie handelseinig geworden waren, faltete er einen Papierstreifen zum Maßnehmen. Die Frau hob das lahme Mädchen auf den Schoß und sagte:

»Bei ihr mußt du von jedem Fuß ein eigenes Maß nehmen. Für das lahme Füßchen nähe einen Schuh und für das gesunde drei Schuhe. Beide Mädchen haben ganz gleiche Füße: sie sind Zwillinge.«

Ssemjon nahm Maß und fragte, indem er das lahme Kind anblickte:

»Wie kommt das Kind zu einem solchen Fuß? Das Mädchen ist ja so hübsch. Hat sie das von Geburt?«

»Nein, die Mutter hat ihr das Füßchen eingedrückt.«

Matrjona mischte sich ein: sie wollte gar zu gerne wissen, wer die Frau sei und wem die Kinder gehörten.

»Bist du denn nicht ihre Mutter?«

»Nein, Meisterin, ich bin nicht ihre Mutter und nicht einmal ihre Verwandte; es sind fremde Kinder, die ich an Kindes Statt angenommen habe.«

»Fremde Kinder, und du bemutterst sie so?«

»Wie sollte ich sie nicht bemuttern? An meiner Brust habe ich die beiden großgezogen. Ich hatte wohl auch ein eigenes Kind, doch Gott hat es mir genommen. Ich habe aber das eigene Kind nicht so sehr geliebt, als ich diese liebe.«

»Wessen Kinder sind es denn?«

IX

Die Frau wurde gesprächig und erzählte:

»Es war vor sechs Jahren. In einer Woche haben die Kinder beide Eltern verloren: den Vater hatte man am Dienstag begraben, und die Mutter starb gleich am Freitag. Der Vater starb drei Tage vor der Geburt der Kinder, die Mutter kaum einen Tag nach der Geburt. In jener Zeit lebte ich mit meinem Manne im Dorfe, und die Leute waren unsere nächsten Nachbarn. Der Vater der Kinder arbeitete im Walde. Ein Baum fiel auf ihn, quer über seinen Körper, und traf ihn mit solcher Wucht, daß ihm die Eingeweide heraustraten. Kaum hatte man ihn nach Hause gebracht, als er seinen Geist aufgab. Die Bäuerin gebar aber in der gleichen Woche Zwillinge; es sind ebendiese beiden Mädchen. Die Leute lebten arm und einsam, und die Frau war ganz allein im Hause, hatte weder eine Alte noch ein Mädchen.

Sie war allein, als sie die Kinder zur Welt brachte, und allein, als sie ihre Seele aushauchte.

Als ich am nächsten Morgen zu ihr kam, um nach ihr zu sehen, war die Arme schon erstarrt. Im Todeskampfe hat sie einem der Mädchen das Füßchen eingedrückt und verrenkt. Die Bauern kamen ins Haus, wuschen und bekleideten die Leiche, zimmerten einen Sarg und beerdigten die Frau. Alles machten die guten Leute. Die Mädchen waren nun allein auf der Welt. Was sollte man mit ihnen anfangen? Ich war die einzige Bäuerin im Dorf, die um jene Zeit ein Kind stillte. Mein Erstgeborener war damals acht Wochen alt. Ich nahm also die Mädchen vorläufig zu mir. Die Bauern hielten Rat, was man mit den Kindern anfangen sollte; sie sagten mir: ›Behalte die Kinder vorläufig bei dir, Marja, wir werden uns inzwischen überlegen, wie man sie unterbringen kann . . .‹ Ich reichte die Brust zuerst dem unversehrten Kind, denn ich dachte mir, daß es sich gar nicht verlohne, das erdrückte Kind zu stillen; es werde ja sowieso sterben. Doch auch das andere Kind tat mir leid; wofür sollte die unschuldige Seele leiden? Ich stillte also beide Mädchen; und so gelang es mir, alle drei Kinder – meinen Jungen und die Zwillinge – aufzuziehen. Ich war um jene Zeit jung und kräftig und hatte genug zu essen. Auch gab mir Gott so viel Milch, daß sie überfloß. Ich stillte immer zwei zugleich, und das dritte mußte warten. Wenn eines genug hatte, legte ich das dritte an die Brust. Doch Gott gefiel es, daß ich die beiden fremden Kinder großzog und mein eigenes Kind, als es zwei Jahre alt war, begrub. Mehr Kinder gab mir Gott nicht. Wir sind inzwischen wohlhabend geworden und wohnen jetzt hier in der Mühle, die dem Kaufmann gehört. Mein Mann bekommt ein großes Gehalt, und wir leben ohne Sorgen. Eigene Kinder haben wir nicht. Wie einsam wäre doch mein Leben, wenn ich diese Kinder nicht hätte! Wie sollte ich sie nicht lieben! Ich habe ja nur sie: sie sind das Wachs meiner Lebenskerze.«

Die Frau umarmte das hinkende Kind mit der einen Hand und wischte sich mit der anderen die Tränen von den Augen.

»Recht hat das Sprichwort: ohne Vater und Mutter können Kinder leben, ohne Gott aber nicht.«

Nach diesen Gesprächen erhob sich die Frau, um fortzugehen; der Meister und die Meisterin geleiteten sie hinaus und blickten sich dann nach Michailo um: er sitzt auf seiner Bank, die Hände auf den Knien gefaltet, blickt nach oben und lächelt.

X

Ssemjon ging auf ihn zu und fragte ihn: »Was hast du, Michailo?«

Michailo erhob sich, legte die Arbeit weg, nahm die Arbeitsschürze ab, verbeugte sich vor dem Meister und der Meisterin und sagte:

»Verzeiht mir, Meister und Meisterin. Gott hat mir verziehen, verzeiht auch ihr.«

Und die Schustersleute sahen, daß von Michailo ein Licht ausging. Ssemjon verneigte sich vor ihm und sagte:

»Ich sehe, Michailo, daß du kein gewöhnlicher Mensch bist. Ich darf dich nicht zurückhalten und darf dich nach nichts fragen. Sage mir aber nur das eine: Warum warst du, als ich dich fand und nach Hause brachte, düster, und als dir Matrjona das Essen reichte, lächeltest du und wurdest von nun an lichter? Als der Herr die Stiefel bestellte, lächeltest du zum zweiten Male und wurdest noch lichter; und jetzt, als die Frau mit den Mädchen kam, lächeltest du zum dritten Male und wurdest ganz licht? Sage mir Michailo, warum geht von dir dieses Licht aus, und warum lächeltest du dreimal?«

Und Michailo erwiderte:

»Das Licht geht von mir aus, weil Gott mich früher strafte und mir jetzt verziehen hat. Ich lächelte dreimal, weil ich drei Worte Gottes erfassen mußte. Diese Worte Gottes habe ich nun begriffen; das erste Wort begriff ich, als deine Frau sich meiner erbarmte; da lächelte ich zum ersten Male. Das andere Wort – als der Reiche Stiefel bestellte; da lächelte ich zum anderen Male. Und jetzt, als ich die Mädchen sah, begriff ich das dritte und letzte Wort Gottes und lächelte zum dritten Male.«

Und Ssemjon sagte:

»Sage mir, Michailo, wofür hat dich Gott gestraft, und wie lauten jene Worte Gottes, damit auch ich sie kenne?«

Und Michailo antwortete:

»Gott strafte mich, weil ich ungehorsam war. Ich war ein Engel im Himmel und habe einen Befehl Gottes nicht befolgt.

Ich war ein Engel im Himmel, und Gott hatte mich auf die Erde geschickt, die Seele einer Frau zu holen. Ich flog auf die Erde hinab und sah die Frau krank auf ihrem Lager liegen; sie hatte eben Zwillinge, zwei Mädchen, zur Welt gebracht. Die Kinder regten sich neben der Mutter, und die Mutter war so schwach, daß sie sie nicht an die Brust legen konnte. Als die Frau mich sah, begriff sie, daß Gott mich gesandt hatte, um ihre Seele zu holen. Die Frau weinte und sagte mir: ›Engel Gottes! Meinen Mann hat man eben begraben, ihn erschlug ein Baum im Walde. Ich habe weder Schwester noch Tante noch Großmutter; ich habe niemand, der meine Kinder großziehen könnte. Laß mir meine Seele, damit ich meine Kinder ernähre und großziehe. Ohne Vater und ohne Mutter können sie nicht leben.‹ Ich hörte auf die Mutter und legte ihr das eine Kind an die Brust, gab ihr das andere in die Arme und flog hinauf zu Gott. Ich kam zu Gott und sagte: ›Ich kann der Mutter die Seele nicht nehmen. Den Vater erschlug ein Baum, die Mutter gebar Zwillinge und fleht, daß ich ihr ihre Seele lasse. Sie sagt: ›Laß mich meine Kinder großziehen! Ohne Vater und Mutter können sie nicht leben.‹ Und

so habe ich der Mutter ihre Seele gelassen.‹ – Und der
Herr sagte mir: ›Geh, hole die Seele! Du wirst drei Worte begreifen: du wirst begreifen, was in den Menschen
ist, und was den Menschen nicht gegeben ist, und wovon die Menschen leben. Wenn du dies begriffen hast,
darfst du in den Himmel zurückkehren.‹ Ich flog auf
die Erde zurück und nahm der Mutter die Seele.

Die Kinder fielen ihr von den Brüsten. Der Leichnam
drückte dem einen Mädchen ein Beinchen ein, und so
wurde es lahm. Ich erhob mich über dem Dorfe, um
die Seele zu Gott zu tragen; mich ergriff aber ein
Sturmwind, meine Flügel fielen ab, die Seele flog allein
zu Gott empor, und ich fiel auf die Erde.«

XI

Nun begriffen Ssemjon und Matrjona, wen sie gekleidet
und ernährt hatten und wer bei ihnen wohnte; und sie
weinten vor Angst und vor Freuden. Und der Engel
sagte:

»Ich blieb allein und nackt im Felde liegen. Ich wußte
früher nichts von Menschennot, kannte weder Kälte
noch Hunger; nun war ich plötzlich selbst Mensch
geworden. Ich litt Hunger und Kälte und wußte nicht,
was ich anfangen sollte. Ich sah im Felde eine Kapelle
stehen, die die Menschen Gott zu Ehren erbaut hatten;
ich ging zur Kapelle, um in ihr Zuflucht zu finden.
Doch die Kapelle war versperrt, und ich konnte nicht
hinein. Ich setzte mich hinter die Kapelle, um mich
gegen den Wind zu schützen. Es war Abend geworden,
ich war hungrig und vor Kälte beinahe erstarrt. Plötzlich sah ich einen Mann auf der Straße vorbeigehen; er
trug ein Paar Filzstiefel in der Hand und redete mit sich
selbst. Es war das erste sterbliche Menschengesicht, das
ich nach meiner Menschwerdung sah; das Gesicht kam

mir so schrecklich vor, daß ich mich wegwandte. Und ich hörte, wie dieser Mann sich fragte, wie er seinen Körper vor Frost schützen, wie er sein Weib und seine Kinder ernähren solle. Da sagte ich mir: ich leide Hunger und Kälte, dieser Mensch aber denkt nur daran, wie er einen Pelz für sich und seine Frau anschaffen und wie er sich ernähren soll. So ein Mensch konnte mir sicher nicht helfen. Als der Mann mich sah, wurde er finster und ging vorüber, und sein Gesicht erschien mir noch schrecklicher. Ich verzweifelte. Plötzlich höre ich, daß der Mann zurückgeht. Ich blickte ihn an und konnte ihn nicht wiedererkennen: in seinem Gesicht war vorhin der Tod gewesen; jetzt war es lebendig, und ich erkannte darin Gott. Er kam zu mir heran, bekleidete mich, nahm mich mit und brachte mich in sein Haus. In seinem Hause trat uns ein Weib entgegen, und es begann zu reden. Das Weib war noch schrecklicher als der Mann. Aus ihrem Munde kam der Hauch des Todes, und er nahm mir den Atem. Sie wollte mich in den Frost hinausjagen, und ich wußte, daß sie sterben würde, wenn sie es täte. Und der Mann sprach zu ihr von Gott. Und das Weib war plötzlich verändert. Als sie uns das Abendbrot reichte und mich anblickte, sah ich, daß der Tod von ihrem Gesicht gewichen war; sie war lebendig, und ich erkannte in ihr Gott.

Dann begriff ich das erste Wort Gottes: ›Du wirst erfahren, was in den Menschen ist.‹ Und ich erfuhr, daß in den Menschen die Liebe ist. So begann Gott mir zu eröffnen, was er mir versprochen; ich freute mich und lächelte zum ersten Male. Doch ich wußte noch nicht alles: ich konnte noch nicht begreifen, was den Menschen nicht gegeben ist, und wovon die Menschen leben.

Ich blieb bei euch wohnen; als ein Jahr vergangen war, kam ein Mann und bestellte Stiefel, die ein Jahr lang halten sollten, ohne zu reißen und ohne schief zu werden. Ich blickte ihn an und sah hinter seinem Rücken meinen Genossen, den Todesengel, stehen. Außer mir sah niemand den Engel; ich kannte ihn aber und wußte, daß er noch vor Sonnenuntergang die Seele des Reichen holen sollte. Und ich sagte mir: ›Der Mensch versorgt sich für ein Jahr und weiß nicht, daß er noch kaum bis zum Abend zu leben hat.‹ Da fiel mir das andere Wort Gottes ein: ›Du wirst begreifen, was den Menschen nicht gegeben ist.‹

Was in den Menschen ist, wußte ich schon. Jetzt erfuhr ich, was den Menschen nicht gegeben ist. Es ist den Menschen nicht gegeben, zu wissen, was sie für ihren Körper brauchen. Und ich lächelte zum zweiten Male. Denn ich freute mich, daß ich meinen Genossen, den Engel, sah, und daß Gott mir auch das zweite Wort offenbarte.

Doch es war noch nicht alles. Ich konnte noch nicht begreifen, wovon die Menschen leben. Ich lebte immer in der Erwartung, wann Gott mir sein letztes Wort offenbaren werde. Im sechsten Jahre kam die Frau mit den Zwillingen; ich erkannte die Mädchen und erfuhr, wie sie am Leben geblieben waren. Als ich sie sah, sagte ich mir: Die Mutter hat mich um Gnade für die Kinder angefleht, und ich glaubte wie die Mutter, daß die Kinder ohne Vater und Mutter nicht leben könnten; doch hat sie eine fremde Frau ernährt und großgezogen. Als die Frau so gerührt die fremden Kinder anblickte und weinte, sah ich in ihr den lebendigen Gott, und ich begriff, wovon die Menschen leben. Gott hatte mir das letzte Wort offenbart und mir verziehen. Und ich lächelte zum dritten Male.«

XII

Und es fielen vom Körper des Engels die irdischen Hüllen ab, und er kleidete sich in Licht, so daß ein Menschenauge ihn nicht ansehen konnte. Und er sprach lauter, und seine Stimme schien vom Himmel zu tönen. Und der Engel sagte:

»Ich begriff, daß die Menschen nicht von der Sorge um sich selbst, sondern von der Liebe leben.

Es war der Mutter nicht gegeben, zu wissen, was ihre Kinder für ihr Leben brauchten. Es war dem Reichen nicht gegeben, zu wissen, was er selbst brauchte. Und es ist keinem Menschen gegeben, zu wissen, ob er zum Abend Stiefel oder Leichenschuhe braucht.

Solange ich Mensch war, lebte ich nicht davon, daß ich um mich selbst sorgte, sondern davon, daß im Manne, der mich auf der Straße traf, und in seinem Weibe die Liebe war, und daß sie sich meiner erbarmten und liebgewannen. Die Waisen blieben am Leben, nicht weil man für sie sorgte, sondern weil im Herzen einer fremden Frau die Liebe war, weil sie sich ihrer erbarmte und sie liebgewann. Denn die Menschen leben nicht davon, daß sie für sich selbst sorgen, sondern daß in den Menschen die Liebe ist.

Ich wußte auch früher, daß Gott den Menschen das Leben gegeben, und daß er will, daß die Menschen leben; jetzt begriff ich noch etwas anderes.

Nun begriff ich noch dies: Gott wollte nicht, daß die Menschen jeder für sich leben, und darum eröffnete er ihnen nicht, was jeder für sich braucht; er wollte aber, daß sie in Gemeinschaft und Eintracht leben, und darum eröffnete er ihnen, was sie für sich und für alle brauchen.

Ich begriff: den Menschen scheint es nur so, als lebten sie von der Sorge um sich selbst; in Wahrheit leben sie nur von der Liebe. Wer in der Liebe bleibet, der bleibet in Gott und Gott in ihm, denn Gott ist die Liebe.«

Und der Engel sang das Lob des Höchsten, und von seiner Stimme erzitterte das Haus und spaltete sich die Decke, und eine Feuersäule erhob sich von der Erde bis zum Himmel. Und Ssemjon, seine Frau und seine Kinder fielen auf die Knie. Und der Engel schlug seine Flügel und fuhr in den Himmel.

Als Ssemjon zu sich kam, stand das Haus wie vorher, in der Stube war aber niemand außer ihm und den Seinen.

Die drei Tode

1

Es war Herbst. Auf der Landstraße fuhren in schnellem Trab zwei Equipagen. In der vorderen Kutsche saßen zwei Frauen: die eine, die Dame, war hager und bleich, die andere, das Dienstmädchen, hatte glänzende rote Wangen und eine volle Figur. Ihre kurzen trockenen Haare drängten sich unter dem verschossenen Hute hervor, und die rote Hand im zerrissenen Handschuh brachte sie immer wieder hastig in Ordnung. Die hohe, mit einem bunten Tuch bedeckte Brust atmete Gesundheit; die flinken schwarzen Augen verfolgten bald durch das Wagenfenster die dahinschwindenden Felder, bald blickten sie scheu auf die Herrin, bald schweiften sie unruhig über die Ecken der Kutsche. Vor der Nase des Dienstmädchens schaukelte der ans Gepäcknetz gebundene Hut der Herrin, auf ihren Knien lag ein Hündchen, ihre Füße standen auf einem Berg von Schachteln und trommelten kaum hörbar im gleichen Takte mit dem Rütteln der Federn und dem Klirren der Fensterscheiben.

Die Dame hielt die Hände im Schoß gefaltet, hatte die Augen geschlossen und wiegte sich schwach in den Kissen, die man ihr hinter den Rücken geschoben hatte; sie hüstelte hohl mit geschlossenem Mund, wobei sie jedesmal das Gesicht verzog. Auf dem Kopfe trug sie ein weißes Nachthäubchen und darüber ein leichtes hellblaues Tuch, dessen Enden um ihren zarten blassen Hals geschlungen waren. Ein gerader Scheitel, der unter dem Häubchen verschwand, teilte das blonde, ungewöhnlich dünne, pomadisierte Haar; die weiße Haut dieses breiten Scheitels schien eigentümlich trocken und leblos. Die gelbliche Haut lag schlaff auf den feinen und schönen Umrissen des Gesichts und hatte an den Wangen und Backenknochen rote Flecken. Die Lippen waren trocken und unruhig, die dünnen Wimpern waren seltsam gerade, und der Reisemantel fiel auf der eingefallenen Brust in geraden Falten herab. Obwohl die Augen geschlossen waren, drückte das Gesicht der Dame Müdigkeit, Gereiztheit und gewohntes Leid aus.

Der Lakai saß zurückgelehnt auf dem Bock und schlummerte; der Postillion trieb mit kurzen Schreien das stattliche, schweißtriefende Viergespann an und blickte sich ab und zu nach dem andern Kutscher um, der auf dem Bocke des zweiten Wagens saß und seine Pferde mit den gleichen Schreien antrieb. Auf dem kalkigen Straßenschmutz liefen gleichmäßig und schnell die parallelen breiten Spuren der Wagenräder. Der Himmel war grau und kalt, feuchter Nebel lagerte auf den Feldern und Wegen. Im Innern der Kutsche war es dumpf und roch nach Kölnischem Wasser und Staub. Die Kranke warf ihren Kopf in den Nacken und öffnete langsam die Augen. Die großen Augen waren glänzend und von einer schönen, dunklen Farbe.

»Schon wieder!« sagte sie, indem sie nervös mit ihrer schönen hageren Hand einen Mantelzipfel des Dienstmädchens wegschob, der kaum ihren Fuß berührt hatte; ihr Mund zuckte dabei schmerzvoll zusammen. Matrjoscha raffte mit beiden Händen die Schöße ihres Mantels auf, erhob sich auf ihren kräftigen Beinen und rückte etwas weiter. Ihr frisches Gesicht errötete. Die schönen dunklen Augen der Kranken verfolgten gespannt alle Bewegungen des Mädchens. Die Dame stemmte sich mit beiden Händen gegen den Sitz und wollte gleichfalls etwas hinaufrücken, doch ihre Kräfte versagten. Ihr Mund krümmte sich, und ihr ganzes Gesicht wurde durch den Ausdruck ohnmächtiger, gehässiger Ironie verzerrt. »Wenn du mir wenigstens helfen wolltest! ... Ach, jetzt ist es nicht mehr nötig! Ich kann schon selbst; leg mir aber um Gottes willen nicht immer deine Päckchen hinter den Rücken! ... Laß es sein, wenn du es nicht verstehst!« Die Dame schloß die Augen, hob dann wieder die Lider und warf dem Dienstmädchen einen schnellen Blick zu. Matrjoscha starrte sie an und biß sich in die rote Unterlippe. Ein schwerer Seufzer drang aus der Brust der Kranken und ging in einen Hustenanfall über. Sie wandte sich ab, verzog das Gesicht und griff mit beiden Händen an die Brust. Als der Anfall vorüber war, schloß sie wieder die Augen und saß unbeweglich da. Beide Equipagen fuhren durch ein Dorf. Matrjoscha steckte ihre volle Hand unter dem Tuche hervor und bekreuzigte sich.

»Was gibts?« fragte die Herrin.

»Eine Station, gnädige Frau.«

»Ich frage dich, warum du dich bekreuzigst!«

»Es ist eine Kirche, gnädige Frau.«

Die Kranke wandte sich zum Fenster und begann sich langsam zu bekreuzigen, mit weit geöffneten Augen auf die große hölzerne Kirche starrend, um die die Kutsche herumfuhr. Die Kutsche und die Kalesche hielten gleichzeitig vor der Station. Aus der Kalesche stieg der Gatte der kranken Dame und der Arzt. Sie traten an die Kutsche heran.

»Wie fühlen Sie sich?« fragte der Arzt, ihren Puls befühlend.

»Nun, meine Liebe, bist du nicht müde?« fragte der Gatte französisch. »Willst du nicht aussteigen?«

Matrjoscha nahm alle Päckchen zusammen und drückte sich in eine Ecke, um die Herrschaften in ihrem Gespräch nicht zu stören.

»Immer dasselbe,« antwortete die Kranke. »Ich möchte nicht aussteigen.« Der Gatte stand noch eine Weile da und ging dann in das Stationsgebäude. Matrjoscha sprang aus der Kutsche und lief auf den Fußspitzen durch den Schmutz zum Tor.

»Daß es mir schlecht geht, ist noch kein Grund für Sie, nicht zu frühstücken,« sagte die Kranke mit einem schwachen Lächeln zum Arzt, der vor dem Wagenfenster stand.

›Niemand kümmert sich um mich‹, fügte sie in Gedanken hinzu, als der Arzt sich mit leisen Schritten vom Wagen entfernte und dann in großer Hast die Stufen des Stationshauses hinauflief. ›Ihnen geht es gut, und um alles übrige kümmern sie sich nicht. O mein Gott!‹

»Nun, Eduard Iwanowitsch,« sagte der Gatte oben im Stationsgebäude zu dem Arzt, sich mit vergnügtem Lächeln die Hände reibend, »ich habe den Eßkorb heraufbringen lassen. Was halten Sie davon?«

»Ich bin dabei,« antwortete der Arzt.

»Wie geht es ihr eigentlich?« fragte der Gatte seufzend, indem er die Stimme senkte und die Augenbrauen hochzog.

»Ich habe Ihnen ja schon gesagt: sie wird unmöglich bis nach Italien kommen; ich zweifle sogar, daß sie Moskau noch erreicht. Besonders bei diesem Wetter.«

»Was soll ich tun? Ach mein Gott! Mein Gott!« Der Gatte bedeckte die Augen mit der Hand. »Gib her!« wandte er sich zum Diener, der mit dem Eßkorb hereinkam.

»Sie hätten eben zu Hause bleiben müssen,« entgegnete der Arzt und zuckte die Achseln.

»Sagen Sie mir doch, was konnte ich tun?« entgegnete der Gatte. »Ich habe doch alles versucht, um sie von der Reise abzuhalten; ich habe ihr die Kosten vorgehalten, ich habe von den Kindern, die wir allein zurücklassen mußten, und von meinen Geschäften gesprochen – sie will nichts hören. Sie malt sich das Leben im Ausland aus, als ob sie gesund wäre. Und ihr die Wahrheit über ihren Zustand sagen hieße sie töten.«

»Sie ist ja schon so gut wie tot, das müssen Sie selbst wissen, Wassili Dmitritsch. Der Mensch kann nicht ohne Lungen leben, und neue Lungen wachsen nicht nach. Es ist ja wirklich sehr traurig und schwer, was kann man aber tun? Unsere Aufgabe kann nur darin bestehen, daß wir ihr das Ende möglichst leicht gestalten. Hier ist viel eher ein Seelsorger am Platze.«

»Ach mein Gott! Versetzen Sie sich doch in meine Lage; Wie kann ich mit ihr von ihrer letzten Stunde sprechen? Mag kommen, was will, ich kann es ihr nicht sagen. Sie wissen ja selbst, wie gut sie ist . . .«

»Versuchen Sie doch, sie zu überreden, noch bis zum Winter, bis wir Schlittenbahn haben, zu warten,« sagte der Arzt und schüttelte bedeutungsvoll den Kopf. »Unterwegs kann ja leicht eine Verschlimmerung eintreten . . .«

»Aksjuscha, he, Aksjuscha!« schrie auf der schmutzigen Hintertreppe die Tochter des Stationsaufsehers, indem sie sich eine Jacke über den Kopf warf. »Wir wollen uns die Gutsherrin von Schirkino ansehen; man sagt, sie werde wegen ihrer Brustkrankheit ins Ausland geführt. Ich habe noch nie eine Schwindsüchtige gesehen.«

Aksjuscha sprang herbei, und beide Mädchen liefen Hand in Hand vor das Tor. Als sie an der Kutsche vorbeigingen, verlangsamten sie die Schritte und blickten durch das herabgelassene Fenster hinein. Die Kranke wandte den Kopf nach ihnen um; als sie aber ihre Neugier bemerkte, runzelte sie die Stirn und wandte sich wieder ab.

»Gott der Gerechte!« sagte die Tochter des Stationsaufsehers, hastig den Kopf wegwendend. »Was war sie doch für eine Schönheit, und was ist aus ihr geworden! Es ist sogar entsetzlich! Hast du sie gesehen, Aksjuscha, hast du sie gesehen?«

»Ja, so mager ist sie!« bestätigte Aksjuscha. »Wir wollen noch einmal vorübergehen, als ob wir zum Brunnen gingen. Siehst du, sie hat sich weggewandt, aber ich konnte sie noch sehen. Sie tut mir so leid, Mascha!«

»Und wie schmutzig es ist!« entgegnete Mascha, und beide liefen zum Tore zurück.

Die Kranke dachte: ›Ich muß wohl wirklich grauenhaft aussehen! Wenn ich nur so schnell wie möglich ins Ausland kommen könnte! Dort werde ich mich bald erholen.‹

»Nun, wie geht es dir, meine Liebe?« fragte der Gatte, der wieder zur Kutsche kam. Er hatte noch einen Bissen im Munde.

›Immer dieselbe Frage!‹ dachte die Kranke; ›und er selbst ißt!‹

»Es geht,« murmelte sie durch die Zähne.

»Weißt du, meine Liebe, ich fürchte, die Reise wird dir bei diesem Wetter nicht gut tun; auch Eduard Iwanowitsch ist derselben Ansicht. Wollen wir nicht lieber umkehren?«

Sie schwieg ärgerlich.

»Das Wetter wird ja einmal besser werden, wir werden Schlittenbahn bekommen; inzwischen kannst du dich ja auch erholen, dann könnten wir alle zusammen fahren.«

»Verzeih! Hätte ich auf dich schon früher nicht gehört, so wäre ich jetzt längst in Berlin und ganz gesund.«

»Was soll man tun, mein Engel? Du weißt ja selbst, daß es unmöglich war. Wenn du jetzt noch einen Mo nat warten wolltest, könntest du dich bedeutend erholen, ich würde auch mit meinen Geschäften fertig werden, und wir könnten auch die Kinder mitnehmen . . .«

»Die Kinder sind gesund, und ich nicht.«

»Begreife doch, meine Liebe, bei diesem Wetter! Wenn unterwegs eine Verschlimmerung eintritt . . . so ist man wenigstens zu Hause . . .«

»Warum ists zu Hause besser? . . . Meinst du, ich soll lieber zu Hause sterben?« antwortete die Kranke gereizt. Doch das Wort ›sterben‹ hatte sie offenbar erschreckt, und sie warf dem Gatten einen flehenden und fragenden Blick zu. Er schlug die Augen nieder und schwieg. Der Mund der Kranken verzerrte sich plötzlich wie bei einem Kinde, und Tränen stürzten ihr aus den Augen. Der Gatte bedeckte sein Gesicht mit dem Taschentuch und trat schweigend beiseite.

»Nein, ich will doch fahren!« sagte die Kranke, die Augen gen Himmel richtend. Sie faltete die Hände und begann unzusammenhängende Worte zu flüstern. »Mein Gott! Wofür?« murmelte sie, und die Tränen flossen noch unaufhaltsamer. Sie betete lange und inbrünstig, doch der Schmerz und das Gefühl von Beklemmung in ihrer Brust blieben unverändert, der Himmel, die Felder und die Straße blieben ebenso grau und trüb, und der herbstliche Nebel senkte sich immerzu gleichmäßig, ohne dichter oder durchsichtiger zu werden, auf den Straßenschmutz, auf die Dächer, die Kutsche und die Schafpelze der Kutscher, die unter lautem, vergnügtem Geplauder die Räder schmierten und die Pferde vorspannten . . .

2

Die Kutsche war angespannt, aber der Postillion ließ noch auf sich warten. Er war in die Kutscherstube gegangen. In der Stube war es heiß, dumpf, finster und schwül, es roch nach Ausdünstungen vieler Menschen, frisch gebackenem Brot, Kohl und Schafpelzen. Einige Fuhrknechte standen in der Stube herum, am Ofen machte sich die Köchin zu schaffen, und auf dem Ofen lag auf mehreren Schaffellen ein Kranker.

»Onkel Fjodor! He, Onkel Fjodor!« sagte der junge Postillion, der im Schafpelz, mit der Peitsche im Gürtel in die Stube trat und sich dem Kranken zuwendete.

»Was willst du vom Fjodor, du Taugenichts?« rief einer der Fuhrknechte. »Du weißt ja, daß man auf dich dort bei der Kutsche wartet.«

»Ich will ihn um seine Stiefel bitten; meine sind zerrissen«, erwiderte der Bursche, indem er das Haar zurückwarf und an den Handschuhen, die im Gürtel steckten, nestelte. »Schläft er gar? He, Onkel Fjodor!« wiederholte er, zum Ofen tretend.

»Was gibts?« fragte eine schwache Stimme, und ein ausgemergeltes, rotbärtiges Gesicht beugte sich über den Ofenrand. Eine große, hagere, bleiche, behaarte Hand bemühte sich, den Pelz über die eckige Schulter zu ziehen, die von einem schmutzigen Hemd bedeckt war. »Gib mir zu trinken, Bruder ... Was willst du?«

Der Bursche reichte ihm den Wasserkrug.

»Weißt du, Fedja,« sagte er verlegen, »weißt du, du brauchst wohl deine neuen Stiefel nicht mehr; gib sie mir, du wirst sie doch wohl nie tragen.«

Der Kranke senkte den müden Kopf zum glasierten Tonkruge, tauchte den dünnen herabhängenden Schnurrbart in das dunkle Wasser und trank in schwachen, doch gierigen Zügen. Sein wirrer Bart war unsauber, und die eingefallenen trüben Augen blickten mit Mühe auf den Burschen. Nachdem er getrunken hatte, wollte er die Hand heben, um die feuchten Lippen abzuwischen, doch er hatte nicht die Kraft dazu und

66

wischte sich den Mund am Ärmel seines Filzmantels ab. Er blickte schweigend und schwer durch die Nase atmend dem Burschen in die Augen und schien alle seine Kräfte zu sammeln.

»Hast du sie vielleicht schon jemand versprochen?« fuhr der Postillion fort. »Das wäre schade. Denn siehst du: draußen ist es naß, und ich muß fahren. Da dachte ich mir: ich will halt den Fedja um seine Stiefel bitten, er braucht sie wohl nicht mehr. Vielleicht brauchst du sie doch, sag es nur . . .«

In der Brust des Kranken begann es zu kollern und zu röcheln; er beugte sich vor, ein dumpfer Hustenanfall, der nicht recht zum Ausbruch kommen wollte, würgte ihn.

»Wozu soll er denn noch die Stiefel brauchen?« begann plötzlich die Köchin mit keifender Stimme durch das ganze Zimmer zu schnattern. »Schon den zweiten Monat kommt er nicht vom Ofen herunter. Du hörst doch, wie er hustet! Es tut mir auch selbst in der Lunge weh, wenn ich es nur mit anhöre. Was soll er noch mit den Stiefeln anfangen? In neuen Stiefeln wird man ihn doch nicht begraben! Es wäre aber schon längst Zeit, Gott verzeihe mir die Sünde! Du hörst doch, wie er sich quält! Man sollte ihn in eine andere Stube bringen oder sonstwohin! In der Stadt soll es Krankenhäuser für solche Leute geben. Hier hat er aber eine ganze Ecke eingenommen und rührt sich nicht vom Fleck; darf denn das sein? Er nimmt nur den andern den ganzen Raum weg. Und da verlangt man von mir auch noch Sauberkeit!«

»He, Serjoga! Geh auf deinen Posten, die Herrschaften warten!« rief der Oberpostillion durch die Tür herein.

Serjoga wollte schon gehen, ohne die Antwort abzuwarten, doch der Kranke gab ihm während des Hustenanfalls mit den Augen zu verstehen, daß er antworten wolle.

»Nimm dir die Stiefel, Serjoga«, sagte er, als er den Husten unterdrückt und ein wenig ausgeruht hatte. »Doch hör, einen Stein sollst du mir kaufen, wenn ich einmal tot bin,« fügte er heiser hinzu.

»Danke, Onkel, ich nehme also die Stiefel, und den Stein werde ich dir, so wahr Gott lebt, kaufen.«

»Ihr habt es gehört, Kinder,« konnte der Kranke noch sagen. Dann beugte er sich wieder zurück und bekam einen neuen Hustenanfall.

»Ist schon recht, wir haben es gehört,« bestätigte einer von den Kutschern. »Geh doch hin, Serjoga, auf deinen Bock, da kommt schon wieder der Ober gelaufen. Du hast doch die kranke Gutsfrau von Schirkino zu fahren.«

Serjoga warf schnell seine zerrissenen, ihm viel zu großen Stiefel ab und schleuderte sie unter die Bank. Die neuen Stiefel Fjodors paßten ihm ausgezeichnet. Während er zur Kutsche ging, bewunderte er sie an seinen Beinen.

»Das nenn ich Stiefel! Komm, ich will sie dir schmieren,« sagte ein Kutscher, der mit dem Teerpinsel in der Hand vor der Kutsche stand, während Serjoga auf den Bock kletterte und die Zügel in die Hand nahm. »Hat er sie dir umsonst gegeben?«

»Bist du vielleicht neidisch?« entgegnete Serjoga, indem er sich erhob und die Schöße des Mantels an den Beinen zurücklegte.

»Laß mich in Ruhe! Los, meine Lieben!« rief er den Pferden zu, holte mit der Peitsche aus, und beide Wagen mit ihren Insassen, Koffern und Reisetaschen rollten schnell über die nasse Landstraße dahin und verschwanden im grauen Herbstnebel.

Der kranke Kutscher war in der dumpfen Stube auf dem Ofen liegen geblieben. Es gelang ihm nicht, sich ordentlich auszuhusten; schließlich drehte er sich mit großer Mühe auf die andere Seite und wurde still.

In der Kutscherstube war bis zum Abend ein Kommen und Gehen, man aß zu Mittag – den Kranken hörte man nicht. Vor Nacht kroch die Köchin auf den Ofen, beugte sich über seine Füße hinüber und holte sich einen Schafpelz.

»Sei mir nicht böse, Nastassja!« sagte der Kranke. »Ich werde dir bald deinen Ofen räumen.«

»Es ist schon gut, ich hab ja nichts gesagt,« murmelte Nastassja. »Was tut dir weh, Onkel? Sags doch!«

»Das ganze Innere tut mir weh. Gott weiß, was das ist!«

»Dir tut wohl auch die Kehle weh, wenn du hustest?«

»Alles tut mir weh. Mein Tod ist gekommen, das ist es. Ach, ach, ach!« stöhnte der Kranke.

»Du mußt dir die Beine so zudecken,« sagte Nastassja, indem sie vom Ofen kletterte und dabei dem Kranken den Mantel über die Beine zog.

Nachts brannte in der Stube ein schwaches Nachtlicht. Nastassja und etwa zehn Fuhrknechte schnarchten auf dem Fußboden und auf den Bänken. Der Kranke allein schlief nicht: er röchelte schwach, hustete und wälzte sich hin und her. Gegen Morgen wurde er ganz still.

»Einen merkwürdigen Traum habe ich heute nacht gehabt«, sagte die Köchin, als sie sich in der Morgendämmerung aus dem Schlafe reckte. »Mir träumte, Onkel Fjodor stieg vom Ofen herunter und ging hinaus, um Holz zu hacken. ›Laß mich, Nastassja,‹ sagte er, ›ich will dir helfen.‹ Und ich sagte zu ihm: ›Du willst Holz hacken, wo du so krank bist?‹ Er nimmt aber die Axt und hackt so schnell, daß die Späne nur so fliegen.

›Was,‹ sage ich zu ihm, ›du bist doch krank gewesen?‹ ›Nein,‹ sagt er, ›ich bin gesund.‹ Und wie er mit der Axt ausholt, wird mir ganz angst und bange. Ich schreie auf und erwache. Ist er am Ende gestorben? Onkel Fjodor! He, Onkel!«

Fjodor gab keine Antwort.

»Ist er vielleicht doch tot? Man muß einmal nachsehen«, sagte einer von den Kutschern, die eben erwachten.

Die magere, mit rötlichen Haaren bedeckte Hand hing kalt und bleich vom Ofen herunter.

»Man muß es dem Aufseher melden. Er scheint wirklich tot zu sein«, sagte der Kutscher.

Fjodor hatte weder Verwandte noch sonst jemand: er stammte aus einer fernen Gegend. Man begrub ihn am nächsten Tage auf dem neuen Kirchhof hinter dem Wäldchen, und Nastassja erzählte noch mehrere Tage nacheinander allen, die es hören wollten, den Traum, den sie gehabt, und daß sie die erste gewesen, der es am Morgen eingefallen war, nach Fjodor zu sehen.

3

Der Frühling war gekommen. In den nassen Straßen der Stadt rieselten zwischen den kotdurchsetzten Eisklumpen hurtige Bächlein; die Farben der Kleider und die Stimmen der Leute auf den Straßen schienen ungewöhnlich hell. In den Gärtchen hinter den Zäunen schwollen die Knospen der Bäume, und die Zweige wiegten sich kaum hörbar im frischen Winde. Überall flossen und tropften durchsichtige helle Tropfen ... Die Spatzen piepsten und flatterten mit ihren kleinen Flügeln. Auf der Sonnenseite, auf Zäunen, Häusern und Bäumen war alles voller Bewegung und Licht. Der

Himmel, die Erde und die Herzen der Menschen waren von einer fröhlichen, jugendfrischen Stimmung erfüllt.

In einer der Hauptstraßen war vor einem großen herrschaftlichen Hause auf dem Fahrdamm frisches Stroh ausgebreitet; im Hause lag dieselbe Kranke, die ins Ausland reisen wollte, im Sterben.

Vor der geschlossenen Tür des Krankenzimmers standen der Gatte und eine ältere Dame. Auf dem Sofa saß ein Geistlicher; er hatte die Augen gesenkt und hielt in den Händen das Beichttuch, in das etwas eingewickelt war. In einer Ecke lag in einem großen Lehnstuhl eine Greisin, die Mutter der Kranken, und weinte bitterlich. Neben ihr hielt ein Dienstmädchen ein sauberes Taschentuch bereit, um es ihr zu geben, wenn sie danach verlangte; ein zweites Dienstmädchen rieb der Alten die Schläfen und blies ihr unter die Haube auf dem greisen Kopf.

»Nun, der Heiland helfe Ihnen, liebe Freundin!« sagte der Gatte zu der älteren Dame, mit der er vor der Tür stand. »Sie hat ja solches Vertrauen zu Ihnen; Sie verstehen es so gut, mit ihr zu sprechen: versuchen Sie doch, es ihr zu sagen, meine Liebe, gehen Sie doch zu ihr hinein!« Er wollte ihr schon die Tür öffnen, die Cousine hielt ihn aber noch zurück, drückte das Tuch einigemal an die Augen und schüttelte den Kopf.

»So, jetzt sieht man wohl nicht, daß ich geweint habe?« fragte sie. Dann öffnete sie selbst die Tür und trat ins Krankenzimmer.

Der Gatte war stark erregt und schien gänzlich verstört. Er wollte zuerst auf die Greisin zugehen; als ihn aber nur noch wenige Schritte von ihr trennten, kehrte er um, ging durch das Zimmer und näherte sich dem Geistlichen. Der Geistliche blickte ihn an, hob die Augenbrauen und seufzte. Auch sein dichtes, leicht ergrautes Bärtchen hob und senkte sich.

»Mein Gott! Mein Gott!« sagte der Gatte.

»Was soll man machen?« sagte seufzend der Geistliche, und seine Augenbrauen und das Bärtchen hoben und senkten sich wieder.

»Auch Mamachen ist hier!« sagte der Gatte fast verzweifelt. »Sie wird es nicht überwinden. Denn wie sie sie liebt und wie sie an ihr hängt . . . ich weiß wirklich nicht. Hochwürden, wenn Sie wenigstens versuchen wollten, sie zu beruhigen und ihr zuzureden, daß sie von hier fortgehe.«

Der Geistliche erhob sich vom Sofa und ging auf die Greisin zu.

»Ein Mutterherz kann wahrlich niemand ergründen,« sagte er, »doch Gott ist barmherzig.«

Über das Gesicht der Greisin ging plötzlich ein Zucken, und sie bekam einen Anfall von hysterischem Schluchzen.

»Gott ist barmherzig,« fuhr der Geistliche fort, als sie sich etwas beruhigt hatte. »Ich will Ihnen sagen: in meiner Gemeinde war ein Kranker, mit dem es noch viel schlimmer stand als mit Maria Dmitrijewna; und was glauben Sie? Ein einfacher Kleinbürger hat ihn in kürzester Zeit mit Kräutern gesund gemacht. Und dieser selbe Kleinbürger hält sich jetzt zufällig in Moskau auf. Ich habe schon mit Wassili Dmitrijewitsch davon gesprochen, man könnte doch versuchen . . . Das wäre immerhin ein Trost für die Kranke. Bei Gott ist alles möglich.«

»Nein, sie wird nicht am Leben bleiben,« sagte die Greisin. »Statt mich zu sich zu nehmen, läßt Gott sie sterben.« Das hysterische Schluchzen wurde so stark, daß sie das Bewußtsein verlor.

Der Gatte der Kranken bedeckte das Gesicht mit den Händen und lief aus dem Zimmer.

Im Korridor stieß er auf seinen sechsjährigen Jungen, der im Galopp dem jüngeren Schwesterchen nachlief.

»Befehlen Sie nicht, daß ich die Kinder zur Mama führe?« fragte die Kinderfrau.

»Nein, sie will sie nicht sehen. Es wird sie zu sehr aufregen.«

Der Knabe blieb einen Augenblick stehen, musterte aufmerksam das Gesicht des Vaters, schlug dann mit dem Fuße aus und lief lustig weiter.

»Sie ist der Rappe, Papachen!« rief der Knabe, auf die Schwester zeigend.

Die Cousine saß unterdessen im andern Zimmer neben der Kranken und suchte sie durch klug berechnete Worte auf den Tod vorzubereiten. Der Arzt stand am Fenster und mischte einen Trank.

Die Kranke saß in weißem Morgenkleid, ganz von Kissen umgeben, im Bett und blickte die Cousine schweigend an.

»Ach, meine Liebe,« unterbrach sie sie plötzlich, »Sie brauchen mich gar nicht vorzubereiten. Halten Sie mich doch nicht für ein Kind. Ich bin eine Christin. Ich weiß alles. Ich weiß, daß ich nicht mehr lange zu leben habe, und ich weiß, daß ich jetzt in Italien wäre, wenn mein Mann früher auf mich gehört hätte; dann wäre ich vielleicht, oder sogar bestimmt, gesund. Das haben ihm alle gesagt. Jetzt ist aber nichts zu machen. Gott hat es offenbar so gewollt. Wir alle haben viele Sünden, ich weiß es; ich hoffe aber auf Gottes Barmherzigkeit: es wird allen verziehen werden, ja, ich bin davon überzeugt. Ich bemühe mich jetzt, mein Innerstes zu erforschen. Auch ich hatte viele Sünden auf dem Gewissen, meine Liebe. Doch wieviel habe ich dafür gelitten! Ich war immer bestrebt, meine Leiden geduldig zu ertragen . . .«

»Soll ich also den Geistlichen hereinrufen, meine Liebe? Wenn Sie die heiligen Sakramente empfangen, wird es Ihnen sicherlich leichter werden,« sagte die Cousine.

Die Kranke neigte zustimmend den Kopf.

»Gott sei mir Sünderin gnädig!« flüsterte sie.

Die Cousine ging hinaus und winkte dem Geistlichen.

»Sie ist ein wahrer Engel!«sagte sie mit Tränen in den Augen zu dem Gatten. Der Gatte begann zu weinen, der Geistliche ging ins Krankenzimmer, die Greisin war noch immer bewußtlos, und im ersten Zimmer wurde es vollkommen still. Nach fünf Minuten kam der Geistliche zurück, nahm sich das Beichttuch von der Schulter und strich sich mit der Hand das Haar zurück.

»Gott sei Dank, sie ist jetzt ruhiger,« sagte er, »sie wünscht Sie zu sehen.«

Die Cousine und der Gatte gingen hinein. Die Kranke weinte still in sich hinein, die Augen auf das Heiligenbild gerichtet.

»Gratuliere zum Empfang der heiligen Sakramente, meine Liebe!« sagte der Gatte.

»Hab Dank! Wie wohl ich mich jetzt fühle, welch unbegreifliche Süße ich empfinde!« sagte die Kranke, und ein leises Lächeln spielte um ihre seinen Lippen. »Wie Gott barmherzig ist! Nicht wahr? Er ist barmherzig und allmächtig!« Sie richtete ihre tränenvollen Augen wieder mit heißem Flehen auf das Heiligenbild.

Dann schien sie sich auf etwas zu besinnen. Sie winkte den Gatten näher zu sich heran.

»Du willst niemals tun, worum ich dich bitte«, sagte sie mit schwacher Stimme.

Der Mann reckte den Hals und hörte ihr gespannt zu.

»Was denn, meine Liebe?«

»Wie oft habe ich dir gesagt, daß die Ärzte alle miteinander nichts verstehen; es gibt aber einfache Frauen aus dem Volke, die die schwersten Krankheiten heilen

. . . Hochwürden hat mir eben von einem Kleinbürger erzählt . . . laß ihn holen.«

»Wen, meine Liebe?«

»Mein Gott, er will mich nicht verstehen! . . .« Die Kranke verzog das Gesicht und schloß die Augen.

Der Arzt trat an sie heran und ergriff ihre Hand. Der Puls wurde merklich schwächer und schwächer. Er winkte dem Gatten mit den Augen. Die Kranke bemerkte es und sah erschrocken auf. Die Cousine wandte sich weg und begann zu weinen.

»Weine nicht, quäle nicht dich selbst und mich,« sprach die Kranke, »das nimmt mir meine letzte Ruhe.«

»Du bist ein Engel!« sagte die Cousine, ihr die Hand küssend.

»Nein, küsse mich hier, nur den Toten küßt man die Hand. Mein Gott! Mein Gott!«

Am selben Abend war die Kranke eine Leiche, und die Leiche lag im Sarg im Saal des großen Hauses. Im großen Zimmer saß hinter verschlossenen Türen ganz allein der Küster und las näselnd und eintönig die Psalmen Davids. Das helle Licht der Wachskerzen in den hohen silbernen Leuchtern fiel auf die bleiche Stirn der Entschlafenen, auf ihre schweren wächsernen Hände und auf die gleichsam versteinerten Falten des Bahrtuches, unter dem sich die Kniee und die Fußspitzen unheimlich abzeichneten. Der Küster las eintönig, ohne ein Wort zu verstehen, und die Worte hallten seltsam durch den stillen Raum und erstarben. Ab und zu klangen aus einem entfernten Zimmer Kinderstimmen und Kinderschritte herüber.

»Verbirgest du dein Angesicht, so erschrecken sie««, lautete der Psalm. »Du nimmst weg ihren Odem, so vergehen sie und werden wieder zu Staub. Du lässest aus deinen Odem, so werden sie geschaffen, und erneuerst die Gestalt der Erde. Die Ehre des Herrn ist ewig.««

Das Antlitz der Verstorbenen war streng und majestätisch. Weder auf der klaren kalten Stirn noch auf den fest geschlossenen Lippen regte sich etwas. Sie war ganz Spannung. Aber verstand sie wenigstens jetzt diese erhabenen Worte?

4

Einen Monat später ragte auf dem Grabe der Entschlafenen eine steinerne Kapelle. Auf dem Grabe des Kutschers war aber noch immer kein Stein, und nur hellgrünes Gras sproß aus dem Hügel, dem einzigen Merkzeichen eines vergangenen Menschenlebens.

»Du begehst eine Sünde, Serjoga,« sagte einmal die Stationsköchin, »wenn du dem Fjodor den Stein nicht kaufst. Du sagtest immer, es ist Winter. Warum hältst du aber jetzt nicht dein Wort? Ich war ja dabei und habe es gehört. Er ist dir schon einmal im Schlafe erschienen; wenn du den Stein nicht kaufst, so kommt er wieder und würgt dich.«

»Ich weigere mich ja nicht«, entgegnete Serjoga. »Ich werde den Stein kaufen, wie ich es gesagt habe; ich werde einen für anderthalb Rubel kaufen. Ich habe es nicht vergessen, aber man muß ihn auch hertransportieren. Sobald wieder eine Gelegenheit in die Stadt ist, will ich ihn kaufen.«

»Du sollst ihm wenigstens ein Kreuz setzen. Hör auf mich!« mischte sich ein alter Kutscher ins Gespräch. »Es ist wirklich nicht schön. Seine Stiefel trägst du doch!«

»Wo soll ich denn ein Kreuz hernehmen? Aus einem Holzscheit kann ich es doch nicht zimmern!«

»Was redest du von einem Holzscheit? Nimm die Axt, geh am frühen Morgen in den Wald, hau eine kleine Esche um, und da hast du das Kreuz. Sonst müßtest du dem Waldhüter einen Schnaps geben; doch wo soll das hinaus, wenn man ihm wegen jeder Kleinigkeit Schnaps geben wollte? ... Neulich hab ich eine Deichsel zerbrochen, hab mir eine ausgezeichnete neue gemacht, kein Mensch hat es gesehen.«

Am frühen Morgen vor Sonnenaufgang nahm Serjoga die Axt und ging in den Wald.

Auf Bäumen und Gräsern lag die kalte matte Decke des noch immer fallenden, von der Sonne beleuchteten Taues. Im Osten wurde es ganz allmählich hell, und das schwache Licht spiegelte sich in den leichten Wölkchen, die das Himmelsgewölbe umlagerten. Kein Grashälmchen unten am Boden, kein Blättchen in den höchsten Wipfeln der Bäume regte sich. Die Stille des Waldes wurde nur zuweilen von einem Flügelschlag im Dickicht oder von einem Rascheln am Boden gestört. Ein seltsamer, der Natur fremder Ton erklang plötzlich am Waldessaum und erstarb gleich darauf. Und wieder wurde der Ton vernehmbar, und er wiederholte sich gleichmäßig unten am Stamme eines der unbeweglichen Bäume. Einer der Wipfel erbebte ganz ungewöhnlich, seine saftigen Blätter flüsterten etwas, und eine Grasmücke, die auf einem der Zweige gesessen hatte, flatterte pfeifend zweimal auf und setzte sich, mit dem Schwanze wippend, auf einen anderen Baum.

Die Axt tönte unten dumpfer und dumpfer, saftige weiße Späne flogen auf das taubedeckte Gras, und durch die Schläge ließ sich ein leises Knarren vernehmen. Der Baum erzitterte am ganzen Körper, beugte sich nieder, richtete sich gleich wieder auf und schwankte erschrocken auf seinen Wurzeln. Für einen Augenblick wurde alles still, doch der Baum neigte sich wieder, in seinem Stamm krachte es, und er stürzte, die Äste brechend und die Zweige senkend, mit dem Wipfel auf die feuchte Erde. Die Axthiebe und die Schritte verstummten. Die Grasmücke flog pfeifend einige Zweige höher hinauf. Ein Zweig, den sie mit ihren Flügeln gestreift hatte, wiegte sich eine Weile hin und her und erstarb dann wie die anderen mit allen seinen Blättern. Die Bäume ragten nun schöner und freudiger mit ihren regungslosen Zweigen in den neuen Raum.

Die ersten Sonnenstrahlen schossen durch die leichten Wolken und durcheilten Himmel und Erde. In den Talgründen braute der Nebel, im Grase blinkte diamanten der Tau, durchsichtige weiße Wölkchen eilten über den immer blauer werdenden Himmel und verzogen sich. Im Dickicht regten sich Vögel, und sie zwitscherten wie weltvergessen etwas Seliges; saftige Blätter flüsterten freudig und ruhig in den Wipfeln, und die Zweige der lebendigen Bäume rauschten langsam und majestätisch über dem toten gesunkenen Baume.

*

Nichts: ein Geschenk für Erwachsene, die schon alles haben. Witzig und genial.

Mit diesem Buch triffst Du genau ins Schwarze: Du erfüllst damit ausdrücklich den Wunsch der Leute, die sich nichts wünschen.
Garantiert fliegen Dir damit die Herzen der Beschenkten zu und Du hast die Lacher auf Deiner Seite.
Übrigens: Die leeren Seiten lassen sich natürlich befüllen, zum Beispiel als Tage-, Notiz- oder Malbuch.

NICHTS: Das Geschenk, das Du Dir gewünscht hast. 60 Seiten, 5,99 €. ISBN: 978-3-752-80542-0.